KB078265

Miracle Direction
기적의 연출

기적의 연출 2

서산화 장편소설

초판 1쇄 찍은 날 § 2016년 10월 19일
초판 1쇄 펴낸 날 § 2016년 10월 26일

지은이 § 서산화
펴낸이 § 서경석

편집책임 § 조현우

펴낸곳 § 도서출판 청어람
등록번호 § 제387-1999-000006호
등록일자 § 1999. 5. 31
어람번호 § 제1-2541호

주소 § 경기도 부천시 원미구 부일로 483번길 40 서경B/D 3F (우) 14640
전화 § 032-656-4452 팩스 § 032-656-4453
http://www.chungeoram.com
E-mail § chungeorambook@daum.net

ISBN 979-11-04-90995-5 04810
ISBN 979-11-04-90993-1 (세트)

Miracle Direction
기적의 연출
2
서산화 장편소설
FUSION FANTASTIC STORY
도서출판 청어람

Contents

Chapter 1
쌤통이다

지호는 기분이 좋았다. 이렇게 빠른 시간 안에 프리프로덕션(Pre—production), 프로덕션(Production), 포스트프로덕션(Post—production)까지 전부 끝낼 줄은 예상하지 못했던 것이다.

　'중간고사, 기말고사 기간을 제외하고 나면 영화제작 기간이 턱없이 부족할 줄 알았는데.'

　그랬는데, 중간고사 시험기간이 닥쳐오기도 전에 이미 촬영이 모두 끝났다.

　생각보다 순조롭게 계획이 진행됐고, 스태프와 배우들이 제

몫을 잘해주었으며, 섬광 기억 능력이 촬영 후 편집 때 크게 도움이 된 덕분이었다.

그 덕분에 타이트하게 진행해야 했던 촬영 계획이 두 배, 세 배 단축될 수 있었던 것이다.

'그래도 삼촌한테는 미리 말씀드려야겠지?'

이 사실을 알렸을 때.

어떤 반응이 나올지 짐작조차 안 됐다.

그래도 먼저 알리는 것이 순서란 생각이 들었다.

지호는 전화를 걸어 중간고사가 시작되기 전, 헤이리 집에 한번 들르겠다고 말했다.

주말이 되자 지호는 두근거리는 가슴을 안고 헤이리 집으로 향했다.

아침 댓바람부터 창가에 매달려 있던 수열은, 지호의 모습이 콕 찍어 놓은 점처럼 작게 보이는 순간부터 운동화를 구겨 신고 달려 나갔다.

"엄마, 형아 왔어요!"

그는 쿵쾅거리며 정신없이 계단을 내려가 주방에서 요리하고 있던 이지은에게 외쳤다.

"서수열. 그러다 넘어진다! 조심해!"

마주 외친 이지은이 피식 웃으며 중얼거렸다.

"형이 저렇게 좋을까?"

지글지글 고기 익는 냄새가 모락모락 피어올랐다.

그녀는 오랜만에 놀러온 지호에게 맛있는 요리를 선물해 줄 생각에 마음이 들떠 있었다.

집안이 활력을 더해가고 있을 무렵.

지호는 수열과 부둥켜안았다.

"이야, 몇 달 사이에 키가 왜 이렇게 많이 컸어?"

"후훗! 조금만 기다려! 이제 곧 형도 추월할 거야!"

"음, 그건 힘들걸?"

두 사람은 정겹게 대화를 나누며 나란히 걸었다.

잔디밭을 지나 문을 열고 집 안으로 들어서자 향긋한 냄새가 코끝을 찔렀다.

"숙모! 저 왔어요."

지호가 반갑게 인사했다.

몸을 돌린 이지은이 함박웃음을 지으며 대답했다.

"이야, 우리 지호. 못 본 새 더 잘생겨졌구나!"

이내 걱정스럽게 덧붙였다.

"근데 좀 마른 것 같아. 밥은 잘 챙겨먹고 다니는 거 맞지?"

"하하, 물론이죠. 매일 저녁 먹고 전화 드리잖아요."

지호가 두리번거리며 물었다.

"그런데 삼촌은 어디 계세요?"

"서재에 있을 거야. 가서 인사드리고 오렴."

"네, 숙모."

대답한 지호는 곧장 서재로 갔다.

미닫이문을 열자, 책상에 앉아 무언가에 열중하는 서재현이 보였다.

'어째 두 달 새에 더 젊어지신 것 같네.'

빙그레 웃음을 머금고 서재현을 지켜보던 지호가 문틀을 노크했다.

똑똑.

"음?"

고개를 든 서재현이 눈을 가늘게 좁히다 말고 반갑게 맞이했다.

"오, 지호 왔구나! 네 숙모한테 오늘 온다고 들었다만……."

말끝을 흐린 그는 시계를 보며 고개를 끄덕였다.

"벌써 시간이 이렇게 됐군. 서 있지 말고 거기 앉거라."

"네, 삼촌."

지호는 소파에 앉으며 물었다.

"저 없는 동안에도 잘 지내셨죠?"

매일 이지은과 통화를 했지만 서재현을 자주 바꿔주진 않았기 때문에, 두 사람이 대화를 나누는 것은 꽤 오랜만이었다.

서재현이 맞은편 소파에 앉으며 대답했다.

"잘 지냈고말고. 그나저나 학교생활은 어떠냐? 잘 적응하고 있는 게야?"

"다 좋아요. 같은 반 친구들과도 금세 친해졌고요. 아, 그리고 미장센 영화제를 준비하고 있어요."

"음? 미장센 영화제를?"

"네."

지호는 담담하게 대답했다. 누구든 처음엔 '미장센 영화제'에 대해 말하면 실소를 했었다. 일개 고등학생이 도전해 봄직한 레벨이 아니라는 이유였다. 그러나 지호의 능력을 어느 정도 가늠하고 있던 서재현은 이런 반응을 보이지 않았다. 그는 고개를 끄덕이며 진지하게 물음을 던졌다.

"쉽진 않을 텐데. 예고 자체적으로 준비할 리는 없고, 따로 준비하고 있는 게냐?"

"네, 맞아요."

"친구들이라고 해봐야 이제 막 연출을 이론부터 배우기 시작한 새내기들 일텐데……."

"네. 그래서 대학생들과 같이 작업했어요."

놀라서 눈이 커지는 서재현을 보며, 지호가 화제를 돌렸다.

"일전에 미처 말 못했던 게 있어요. 전에 삼촌이 말씀하셨던 〈완벽한 인생〉이란 제목의 시놉시스. 이런 내용이 맞나요?"

그는 옆에 내려놨던 백팩 안에서 두툼한 자료집을 꺼냈다.

굳어진 얼굴로 자료를 건네받은 서재현이 물었다.

"이게 뭔지 설명을 좀 해줬으면 하는데."

"…일단 한번 봐보세요, 삼촌."

지호의 말에 서재현은 자료를 들춰보기 시작했다. 그 안에는 지호가 영화를 만들며 지저분해진 시나리오, 스케줄 표, 세부 기획안 등이 고스란히 엮여 있었다.

"후, 이건……."

대충 훑은 서재현은 차마 말을 잇지 못하고, 탁자에 자료를 탁 내려놓은 채 소파에 등을 기댔다.

잠시 후 그가 무겁게 질문했다.

"현수가 학교에 출품한 작품이 본래 네 작품이었던 게냐?"

"네. 맞아요."

"…몇 달 전, 내가 작품 제목을 알려줬을 때부터 진즉 눈치 챘을 텐데. 왜 지금 와서 말하는 게야?"

"삼촌한테 심려를 끼쳐드리기 싫었어요. 제 작품은 제 스스로가 지켜야 한다고 생각했고요."

"그럼 지금 와서 내게 말하는 이유는?"

"이미 제 작품을 지킬 준비를 성공적으로 마쳤기 때문이에요."

그 말뜻을 선뜻 받아들이지 못하던 서재현은 불현듯 말도 안 되는 생각이 떠올랐다. 그러나 그 말도 안 되는 생각이, 왠지 눈앞에 앉아 있는 지호라면 가능할 것도 같았다.

마침내 서재현이 조심스럽게 물었다.

"설마… 영화로 이미 만들었다는 소리냐?"

혹시나 했는데.

지호가 천천히 고개를 끄덕였다.

"네. 포스트 프로덕션까지 모두 끝났어요. 미쟝센 영화제에 출품하기 전에, 삼촌한테는 미리 말씀드리고 싶었어요."

"허, 언제 그렇게 움직인 게야?"

서재현은 자신도 모르게 감탄했다.

지호는 어색하게 웃으며 대답했다.

"삼촌에게 제가 원작자라는 사실을 증명한 후, 표절작을 막아달라고 말씀드리는 게 맞다고 생각했어요. 이대로 김현수가 여름방학 때 제작을 진행하게 된다면 걷잡을 수 없이 사태가 심각해질 거예요."

지호는 돌려 말했지만, 학교 측에서 지원해 준 작품이 표절작이라는 사실이 알려지면 중영대 연출과 자체가 망신을 피할 수 없을 터였다. 그래도 그렇지, 여름방학 전에 영화 한 편을 만들어 버리다니.

서재현은 지호의 추진력에 놀람을 금치 못했다.

'기질과 재능이 남다른 건 알고 있었지만……'

그는 계속해서 지호가 내민 세부 기획안을 살폈다.

두림예고 동갑내기 외에도, 한국예술대학교 연출과 학생 두 명의 이름이 적혀 있었다. 그뿐 아니라 연기과 학생이 참여한 흔적도 보였다.

　자료만으로 일련의 과정이 그려진 서재현은 입을 열었다.

　"내가 먼저 알아차리고 단속을 했어야 하는데… 더 이상 표절은 걱정하지 않아도 될 게다. 지금 사전 제작 단계에 있는 〈완벽한 인생〉은 전면 스톱시키도록 하마."

　　　　　＊　　　　＊　　　　＊

　대화를 마친 서재현과 지호는 서재에서 나왔다.

　식탁에는 나머지 식구들이 둘러앉아 있었다.

　"어서들 와서 앉아요. 당신이 식사를 해야 애들도 먹죠."

　이지은의 말에 고개를 끄덕인 서재현이 자리에 앉았다.

　고민이 생긴 서재현은 표정이 좋지 않았다.

　'하, 표절이라니… 이 일을 어찌한다?'

　대각선 자리에 앉아 그의 눈치를 살피던 이지은은 아무것도 묻지 않았다. 물론 궁금하지 않은 건 아니었다.

　'무슨 일이지?'

　그녀는 생각을 멈추고 지호쪽을 바라보았다.

　'흠, 이쪽은 멀쩡한데.'

그 순간, 서재현이 수저를 들었다.

그제서야 지호도 손을 비비며 해맑게 웃었다.

"와, 이게 얼마 만에 집밥이냐."

감탄사를 터뜨린 그가 이지은에게 꾸벅 인사했다.

"숙모, 맛있게 먹겠습니다!"

"어마! 자 머게스니다!"

벌써 입안 가득 밥을 머금은 수열이 형을 따라했다.

식사 내내 이지은은 집안 남자들을 흐뭇하게 바라보았다. 오랜만에 온 가족이 다 모여 마음이 즐겁고 행복했다.

식구들은 그간 못 했던 대화를 나눴는데, 주로 지호와 수열이 번갈아 입을 열었다. 두 사람 모두 주제는 학교생활이었다. 화목한 식사가 끝나고 수열이와 놀아주던 지호는 밤이 이슥해질 때쯤 집밖으로 나섰다.

싱그러운 풀 냄새가 신선한 바람에 실려 왔다. 정신없던 하루 끝에 비로소 집에 돌아왔다는 실감이 났다.

"후— 공기 좋네."

중얼거린 지호는 천천히 뒷마당의 언덕 위로 올라갔다. 그곳에는 부모님의 영생목이 우두커니 서 있었다. 예전과 변함 없는 모습으로 볼 때 삼촌과 숙모가 꾸준히 관리를 해주신 것 같았다. 지호는 언덕 아래, 불 켜진 서재를 보며 속으로 말했다.

'감사합니다.'

그가 시선을 돌려 영생목을 보았다.

자연스레 부모님의 모습이 떠올랐다. 불행히도, 사고가 났던 열 살 이전의 기억들은 빗물이 흐르는 창문을 보듯 흐리고 불분명했다. 또한 사고 순간은 지우개로 지워낸 것처럼 감쪽같이 사라져 버렸다.

"겨우 칠 년 전인데……."

지호는 이를 꽉 깨물었다.

'이젠 모든 것을 사진처럼 선명하게 기억할 수 있게 됐는데, 소중한 추억을 잊어서 죄송해요.'

왜인지 몰라도, 오로지 부모님과 관련된 십 년 전 기억들만이 모양이었다.

망연히 영생목을 바라보고 있던 지호가 한참 만에 입을 열었다.

"엄마, 아빠. 금방 또 올게요."

*   *   *

서재현은 어두운 안색으로 출근했다. 그는 오전 내내 고민하더니 오후가 돼서야 현수를 소환했다.

문밖에서 연출과 학회장 민영기의 목소리가 들려왔다.

"교수님. 4학년 민영기입니다. 1학년 김현수 데려왔습니다."

"들어오게."

대답을 들은 영기와 현수가 안으로 들어갔다.

책상에 앉아 책을 읽던 서재현이 안경 너머로 둘을 보며 말했다.

"고맙네. 현수는 남고 영기는 나가봐도 좋아."

"네, 알겠습니다. 언제든 불러주세요."

영기가 연구실을 떠나자 둘만 남았다.

어색한 분위기가 감도는 가운데 서재현이 말했다.

"잠시만 기다리게. 아주 중요한 부분이야."

서재현이 책장을 넘기며 오래 앉혀둘수록, 현수는 초조하고 불안해졌다.

'대체 무슨 일인데 저렇게 뜸을 들이시지?'

소파에 앉아 눈치를 살피는 사이에도 째깍째깍 시계 초침 소리만 크게 들려왔다.

그때 서재현이 책을 덮었다.

"음. 오래 기다렸네."

현수의 건너편으로 자리를 옮긴 그가 말했다.

"이실직고할 기회는 줘야겠지. 내게 숨기는 부분이 있다면 지금 털어놓는 게 좋을 거야."

"예? 교수님. 갑자기 무슨 말씀이신지……."

현수가 떨떠름하게 말끝을 흐렸다.

서재현은 그를 빤히 바라보며 말했다.

"〈완벽한 인생〉. 정말 자네 작품이 맞나?"

질문을 받은 현수는 심장이 덜컥 내려앉는 기분이었다. 하지만 빠르게 안색을 되돌리며 임기응변으로 답했다.

"하하, 교수님. 당연히 제 작품이죠."

"그래?"

"네, 물론입니다."

"…원작자가 있다는 사실을 듣고 자네를 불렀네."

"지금 무슨 말씀을……. 정말 서운합니다. 교수님."

현수는 강수를 뒀다.

"어디서 무슨 이야길 들으셨는지 모르겠지만, 제자인 저를 의심하실 줄은 몰랐습니다."

"아니, 지금까진 의심이 아닌 확인이었어."

서재현이 거침없이 말을 이었다.

"나는 자네가 조금이라도 반성하고 있길 기대했네. 스스로 자신의 잘못을 뉘우치고 고백하길 바랐어. 그런데 끝끝내 잡아떼는군."

마주보고 있는 두 사람의 시선이 얽혔다.

서재현의 눈빛을 본 현수는 알 수 있었다.

'확신하고 있어! 하지만 어떻게…?'

서재현은 현수가 물어볼 기회를 주지 않았다.

"길게 말하지 않겠네. 얼마 전 자네가 교내 단편영화제작 기획안으로 출품했던 〈완벽한 인생〉과 제목이며 등장인물, 내용까지 똑같은 작품을 보았어. 보자마자 어느 쪽이 원작인지 알 수 있었지."

현수 입장에선 청천벽력이나 다름없었다.

"그럴 리가……?"

"사실이네."

확인사살을 당한 현수는 눈앞이 새하얘졌다. 이미 동공은 지진이 난 것처럼 흔들리고 있었다.

"…어디서 보신 겁니까?"

"누군가 내게 메일을 보내왔더군."

가볍게 둘러댄 서재현이 말했다.

"마지막 기회를 주겠네. 자초지종을 솔직하게 말한다면 소문이 퍼지는 것만큼은 막을 수 있을 게야. 나도 전도유망한 젊은 학생의 미래를 흔들고 싶진 않으니, 진실을 말하게."

안색이 창백하게 질린 현수가 대답했다.

"교수님. 아이디어가 겹치는 일이야 흔하지 않습니까? 제목은 제가 바꾸도록 하겠습니다. 시나리오는 물론, 프로덕션 들어가면 교수님이 보신 작품과는 전혀 다른 작품이 될 겁니다. 그러니……"

그의 말이 끝나기도 전에, 서재현이 고개를 내저었다.

"문제의 본질을 전혀 잘못 짚고 있군. 글을 쓴다는 건 자신의 영혼을 표현하는 작업이야. 자네는 그걸 훔친 거고!"

결국에는 언성이 높아졌다.

무거운 한숨을 내쉰 서재현이 현수를 보며 통보했다.

"여름방학 때 촬영하기로 예정돼있던 〈완벽한 인생〉 제작을 백지화할 생각이네. 내가 총괄하는 프로젝트기 때문에 반드시 그렇게 될 게야. 그 대신 2위를 했던 태일이의 작품이 들어가게 될 걸세."

"교수님! 그것만은 제발……."

"이번 일은 나만 알고 넘어가겠지만, 다음에 또 이런 일이 생긴다면 징계를 피할 수 없을 게야. 믿었던 자네에게 큰 실망을 했네. 그만 나가보게."

무어라 말하려던 현수가 그만 입을 닫았다. 한참 동안 생각을 정리한 그는 자리에서 일어나 고개를 숙였다.

"…선처 감사합니다."

현수는 연구실을 빠져나와 한숨을 푹 쉬었다. 양심을 버리고 반칙까지 불사해 얻은 기회가 한순간에 무산돼 버린 것이다. 그 사실이, 믿기지 않았다.

'신지호가 교수님께 메일을 보냈다? 어떻게 이럴 수 있지?'

현수가 본 지호는 그저 놀라운 재능을 가진 고등학생에 불과했다. 본격적인 영화제작에 관해서는 아무것도 모르고 있었다.

반면 서재현이 지호를 원작자로 인정했다는 것은 아무리 못해도 시나리오 정도는 보냈단 의미였다.

'설마 그 녀석이 벌써 시나리오를 완성한 건가?'

그는 지호가 영화제작까지 마감했을 줄은 상상도 못했다. 트리트먼트가 뭔지도 몰랐던 풋내기가 두 달 만에 시나리오 한 편을 완성한 것만 해도 믿기 힘든 수준의 발전이었던 것이다.

'하긴, 그 녀석이 괴물은 괴물이었어.'

그러니 자신이 탐을 냈던 게 아닌가.

이미 너무 멀리 와버린 현수는 자조적으로 웃으며 중얼거렸다.

"내가 신지호를 너무 만만히 봤어."

*   *   *

두림예술고등학교 중간고사 첫 번째 시험 날.

웅지가 지호에게 묻고 있었다.

"헐. 그렇게 잘 지냈던 형이 네 글을 가로챈 거라고?"

"다 그런 거지 뭐."

"그렇다고 네가 먼저 영화를 만들어 버린 거야?"

웅지는 기가 질린 표정으로 말을 이었다.

"나도 무식한 편인데 넌 진짜 무데뽀다. 네 시놉시스 가져간 그 형은 얼마나 식겁했을까?"

"넌 누구편이야?"

마리가 웅지를 한 번 쏘아본 뒤 지호에게 눈길을 돌렸다. 그녀는 몽롱한 눈빛을 하고 있었다.

"진짜 완전 멋있어. 우리 지호는 얼굴도 영화 주인공처럼 생겨서는 인생도 영화처럼 살고 있네."

"우웩!"

웅지가 토하는 흉내를 내더니 재차 물었다.

"근데 꼭 그렇게 해야 됐어? 그… 저작권법 있잖아! 메시지나 이메일 주고받은 거. 첩보 영화나 그런 데 보면 통화 내용 추적하고 막 그러던데?"

피식 웃은 지호가 고개를 저었다.

"나도 처음에는 여기저기 알아봤지. 저작권법이란 게 엄청 애매하더라고. 법적 대상에는 분명 '모든 창작물'이라고 명시되어 있는데, 시놉시스나 트리트먼트 수준은 보호를 받지 못한대. '작품으로서 인정받을 수 있는' 기준까지 먼저 만드는 사람이 임자랄까? 그런데 그 기준도 상당히 주관적이라서."

씁쓸한 현실을 설명하던 지호는 자신의 처지가 신경 쓰였다.

'중영대에서는 지금쯤 어떻게 됐을까?'

그는 삼촌 서재현에게 처우를 맡겼다. 추가 접수 기간인 6월까지 한 달 반 정도 남았기 때문에 '현수가 영화를 만들지 못하도록 미리 선 조치를 한 것이다. 저작권 침해에 유난히 민감한 서재현의 성격상, 현수는 곤욕을 치를 게 확실했다. 고소하지 않는다면 거짓말이다.

그러나 지호는 생각을 덜어냈다.

'우선 시험에나 집중하자.'

시기적절하게, 배기영이 두툼한 시험지 뭉치를 챙겨서 반으로 들어섰다. 그는 교탁에 우뚝 서서 말했다.

"드디어 고대하던 중간고사다. 실기와는 별개로 내신도 대입에 중요한 비중을 차지하니 좋은 점수를 받아두기 바란다."

배기영이 시험지를 배부했고, 각 분단 첫 줄 학생들이 시험지를 받아 뒤로 넘겼다.

머지않아 지호의 앞에도 시험지가 펼쳐졌다.

고교입시 때 치른 실기를 제외하면 이번이 두 번째 시험이었다.

'역시 내신은 식은 죽 먹기야.'

섬광 기억 능력으로 시험 범위를 사진처럼 기억해 둘 수 있는 지호에게 내신 시험은 그야말로 누워서 떡 먹기였다. 중학교 때도 항상 평균 90점 대 후반을 유지할 수 있었다.

한편으로는 능력을 쓸 때마다 불안하기도 했다.

'어느 날 갑자기 이 능력이 없어지면 어떡하지?'

갑자기 생겨난 것처럼 갑자기 사라질 수도 있다. 그렇게 되면 다른 암기 과목의 점수는 급격히 하락할 것이다. 이런 부분이 이따금씩 마음에 걸려 공부에 도전할까도 생각해 봤지만, 그때마다 어느새 섬광 기억 능력을 활용해 시험을 보고 있는 자신을 발견했다.

'없어지면 그때 가서 생각하지 뭐.'

지호의 컴퓨터용 사인펜이 신 들린 듯 움직이기 시작했다. 1차적으로 OMR카드에 점만 찍은 뒤 최종적으로 확인하며 마킹을 했다. 그의 꼼꼼한 성격을 대변해 주는 한 예였다.

시험이 끝나는 3교시 종이 울리고 학생들이 하교했다.

3일 후, 모든 시험이 끝나자 교무실에서는 OMR카드 답안지의 점수를 기계로 뽑아냈다.

한편 교직원들은 주관식 답안을 채점하는 데 여념이 없었다.

먼저 할 일을 끝낸 배기영은 자신이 맡은 반 학생들의 성적표를 점검하던 중, 눈살을 찌푸렸다.

"하, 나 참……."

"배 선생님. 왜 그러세요?"

옆에서 주관식 답안지를 채점하고 있던 윤 선생이 물었다.

배기영은 고개도 돌리지 않고 대답했다.

"저희 반 신지호 말입니다. 시험 감독 들어가셨을 때 뭐 이상한 점 없었어요?"

"이상한 점이요?"

"가령 주변을 힐끗거린다든지."

"으음, 아뇨. 전혀 그런 낌새 없었습니다. 그럴 애도 아니잖아요? 설마 지호한테 뭐 의심 가는 부분이 있으셨어요?"

배기영은 대답하려다 말고 입을 닫았다. 아직 그가 느끼는 이질감은 단순한 의구심일 뿐이었다.

"아닙니다. 제가 과민한 것 같아요."

대충 둘러댄 배기영이 지호의 과목별 OMR 답안지 여러 장을 꺼내어 책상 위에 올려뒀다. 각각 다른 과목의 답안지였다. 이내 그는 지호가 틀린 문항들을 일일이 찾아 출제됐던 내용을 분석하기 시작했다.

'뭔가가 석연치 않아.'

교직에 오래 몸담은 사람으로서의 감이랄까? 전 과목 합쳐도 열 개가 넘지 않는 지호의 오답들 사이에는 미묘한 공통분모가 있는 것 같았다.

*   *   *

미쟝센 영화제에는 총 800여 편의 작품이 출품됐다. 그 후

1월에서 2월 사이 총 세 번에 걸쳐 예심이 진행됐다.

그리고 6월, 지호가 그토록 고대하던 추가 접수 기간이 시작됐다. 추가 접수를 받는 건 이례적인 일이었다. 명목상 이유는 '비정성시(사회적 관점을 다룬 영화) 부문' 경쟁작이 일곱 작품 미만이라는 것이었다.

영화제 심사 위원장을 맡은 영화제작사 '㈜필름'의 남길수 이사는 돌아가는 상황을 보고받은 뒤, 어딘가로 전화를 걸어 짧게 설명했다.

"원장님, 심사 기준을 까다롭게 해서 어렵게 자리 하나는 만들어 뒀습니다. 다른 심사 위원들이 보는 눈도 있으니 나머지는 실력으로 승부해야 합니다."

—당연히 실력으로 쟁취해야지요. 신경써 주셔서 감사합니다.

"하하, 아닙니다. 영화제의 취지 자체가 새로운 인재 발굴 아닙니까? 우수한 인재는 업계 차원에서 보듬어야지요."

일각에서는 부정부패 근절이니 뭐니 말이 많았지만, 어느 곳보다 보수적인 집단인 대한민국 영화판은 여전히 학연 지연 등 인맥이 곧 능력이었다. 투자를 받고 마케팅을 도맡는 영화 제작자라면 말할 것도 없었다.

남길수는 몇 차례 더 말을 주고받은 후 전화를 끊었다. 이어서 그는 스피커폰으로 비서 실장을 불러들였다.

머지않아 비서 실장이 똑똑 노크하고 들어왔다.

"네, 대표님. 부르셨습니까?"

"음, 김 실장."

남길수가 서랍에서 서류 봉투를 꺼냈다.

"헤이리 서 감독한테 직접 한번 다녀와."

봉투를 넘겨받은 비서 실장이 물었다.

"이건……?"

"백지 계약서랑 미쟝센 영화제 VIP 초청권이네."

"영화제에 초청을 해도 전처럼 참석하지 않으실 텐데요. 올해도 보내시는 겁니까?"

"영화계의 거장 서재현 감독이 불운의 천재 신명일 작가의 숨겨졌던 유작을 들고 복귀한다. 듣기만 해도 흥미가 동하잖아? 이 정도 소스면 스크린 점유율 70% 이상 독과점도 충분히 가능해. 올해만큼은 어떻게든 계약을 성사시켜 보게."

"…네, 알겠습니다."

비서 실장이 나가자 남길수는 창문을 열고 담배를 한 대 물며 혼잣말로 중얼거렸다.

"노인네, 적당히 해야지 말이야……. 얼마나 더 버팅기려는 속셈이야?"

'㈜필름' 대표이사 남길수. 그는 신명일 작가의 유작을 노리고 서재현을 직접 찾아갔던 장본인이었다.

"여보, 흥분하지 말아요."

서재를 찾은 이지은이 서류 봉투를 슬며시 내밀었다.

학생들의 과제를 검토하고 있던 서재현이 봉투를 열어보았다.

"또 남길수 놈이로군."

"네. 안 받겠다는데 한사코 주더라고요. 계속 거절해 봐야 비서 양반만 곤란할 것 같아서 받았죠."

"잘했네."

고개를 끄덕인 서재현은 계약서를 휴지통에 버렸다. 그는 손에 남은 열 장의 미쟝셴 영화제 VIP 초청권을 빤히 보며 물었다.

"지호 작품이 미쟝셴 영화제에 추가 접수로 들어갔다지?"

"네, 그럴 거예요. 설마 당신… 남 이사한테 지호를 청탁하려는 건 아니죠?"

"이 사람, 못하는 소리가 없군! 내가 어디 그럴 사람인가?"

"물론 아니죠."

고개를 저은 이지은이 말을 이었다.

"하지만 부모 마음이란 게, 때때론 욕심에 사로잡혀 잘못된 실수를 범하기도 하잖아요. 비록 우리 배로 낳은 자식은 아니지만 당신이 지호를 보며 항상 애틋하게 생각하는 거 알아요. 저도 마찬가지니까요."

"그래, 어려서 부모를 잃고 세상에 홀로 남은 것 자체가 너무나 가혹하지. 하지만 걱정 말게. 나도 무엇이 진짜 지호를 돕는 길인지 잘 알고 있으니까. 혼자서도 충분히 제 앞길을 개척해 나갈 수 있는 녀석이야. 우리는 믿고 지켜보면 될 뿐이지."

이지은이 고개를 끄덕여 동의했다.

서재현은 그녀를 보며 혼잣말처럼 말했다.

"이번 영화제 심사가 추가 접수까지 진행하는 바람에 더 까다롭다는 소문이 돌더군."

더더욱 수준 높은 작품들이 몰려들 터였다. 뿐만 아니라 지금까지 미쟝센 영화제에서 고등학생 작품이 본선 진출에 성공한 적은 한 번도 없었다. 출품할 때 경력이나 나이 제한이 없는데도 불구하고 이런 결과가 나왔다는 것은, 영화제 수준 자체가 그만큼 높다는 의미였다.

반면 이지은은 별로 걱정하지 않는 눈치였다.

"보나마나 잘 찍었을 거예요. 그냥 지호를 믿어봐요."

"음, 그래야겠지."

서재현은 수긍했지만 밤이 깊도록 잠을 이루지 못했다. 그는 지호가 아닌, 현수를 생각하고 있었다. 유혹에 흔들렸던 현수를 바로잡아주는 것도 스승인 자신의 역할인 것이다.

'과연 내 판단이 옳은 것인가?'

서재현은 자신으로 인해 현수가 더 엇나가진 않을까 고민하면서도 결심했다.

'본인이 직접 보고 절절하게 느껴보지 않는 이상, 영원히 나약함에서 벗어날 수 없을 게야.'

마치 한 가정의 가장처럼 수많은 사람들을 이끌어야 하는 위치의 감독은 절대 흔들려선 안 된다. 나약한 의지로는 결코 할 수 없는 일인 것이다.

"휴."

현수를 생각하자 안타까운 한숨이 나왔다.

서재현은 마음이 복잡해 밤이 늦도록 뒤척였다.

날이 밝자, 학교로 출근한 서재현은 현수를 자신의 연구실로 불러들였다.

똑똑.

노크를 한 현수가 문을 열고 들어왔다.

"안녕하세요, 교수님."

"잠시 이쪽에 앉게."

서로 마주 앉자, 서재현이 다시 입을 열었다.

"지난번, 자네가 저지른 부분에 대해 반성은 좀 했나? 교내 공모전 입상을 취소한 것은 당연한 일일뿐, 아무 의미가 없겠더군. 해서 자네에게 숙제를 하나 줄까 하네."

"…숙제요?"

고개를 끄덕인 서재현이 양복 안주머니에서 꺼낸 티켓을 탁자 위에 올려뒀다.

"이건……!"

"보다시피, 미쟝센 영화제 초청권이네."

영화제는 영화인이라면 빠지고 싶지 않은 행사였다. 그것도 무려 VIP 초청권이라니! 현수는 도무지 서재현의 의중을 짐작할 수가 없었다.

"저는 교수님께서 벌을 내리실 줄만 알았습니다. 제게 왜 이런 좋은 기회를 주시는 건가요?"

"물론 영화인의 밤을 즐기라고 주는 건 아니네."

딱 잘라 말한 서재현이 덧붙였다.

"영화제에 가서 자네의 잘못을 다시 한 번 생각해 보게."

현수는 서재현의 눈치를 봤다. 그러나 전혀 비꼬는 기색이 없었다.

'정말 날 생각해 주시는 건가?'

가슴 한구석이 뜨겁게 벅차올랐다.

가장 존경해 온 서재현이 자신을 이렇게까지 생각해 주고 있었다니!

"감사합니다, 교수님."

현수는 고개를 꾸벅 숙이며 티켓을 받았다.

"교수님이 주신 기회, 헛되게 쓰지 않겠습니다. 가서 진짜 프로들의 실력을 보고 많이 배워오겠습니다."

'저 녀석, 내 의도를 잘못 파악한 것 같은데……'

내심 생각한 서재현은 구태여 설명을 더하지 않고 말했다.

"…이제 그만 나가보게."

"예."

현수가 연구실을 나가자 서재현은 고개를 저었다. 영화제에서 지호의 작품을 마주했을 때 자신이 저지른 짓이 얼마나 무의미한지 깨달을 거라는 기대감이 조금씩 무너져 내리고 있다.

*   *   *

미쟝센 영화제 주최 측 회사 미팅 룸(Meeting room)에는 남길수 이사와 심사를 맡은 심사 위원들이 자리해 있었다.

"이제 마지막 작품을 결정할 차례입니다."

처음 일곱 작품을 결정하는 일은 어렵지 않았다. 심사 위원들과 친분 있는 감독들의 작품 중 잘 만들어진 것으로 뽑았기 때문이다. 그런데 마지막 한 자리를 두고 나머지 작품 전체 사이에서 고민하려니 결정이 쉽지 않은 것이다.

"에… 투표 결과 두 작품으로 추려졌습니다. 이 두 작품은 동률을 받았군요. 두림예술고등학교 신지호 감독의 작품과, 신인 양준구 감독의 작품입니다."

남길수의 말에 현역 영화감독인 심사 위원들이 각자 한마디씩 했다.

"음. 결정이 상당히 어렵네요. 여러 각도로 봤을 때 신지호 감독은 신선하고 특출한데… 양 감독이 노련미가 있습니다."

"너무 올드하지 않나요? 전 신지호한테 한 표입니다."

"두 사람 수준이 비슷한 것 같은데, 저는 양준구 감독한테 기회를 줘보고 싶습니다. 신 군이야 뭐 앞날이 창창하지만, 양 감독은 전세금을 빼서 찍었다고 적혀 있어요."

여기저기서 웃음이 터져 나왔다.

그들을 바라보던 남길수는 입을 가리고 비웃었다.

'동정표로 결정하자는 말까지 나오고 개판이 따로 없군. 요새 젊은 것들은 좀 다를 줄 알았는데, 일하는 방식이 여전해.'

이번 미쟝센 영화제의 심사 위원은 3040의 젊은 감독들로 구성돼 있었다. 그럼에도 그들은 자신들이 보고 배운 대로 전통을 고수했다. 학연을 통해 팀을 만들고 후배 조연출을 대차게 굴려댄다. 조연출이 그 과정을 버티면 데뷔를 밀어주는 것이다.

뭐, 영화제작자로서는 오히려 편했다. 현 영화계에서 잘 나간다는 감독만 잡으면 되니까.

감독들의 갑론을박(甲論乙駁)을 지켜보던 남길수가 입을 열었다.

"자자! 어차피 더 말해봐야 제자리걸음일 것 같은데, 그냥 바로 투표하시지요. 공정하게."

다들 고개를 끄덕였다.

이어 곧바로 투표가 진행됐다.

결과는 〈완벽한 인생〉 신지호의 압승이었다.

"이로서, 마지막 추가 접수 인원은 신지호 감독으로 정해졌습니다. 후보를 둘로 축약해서 투표를 진행하니까 금방 답이 나오네요."

결과를 발표한 남길수가 말을 이었다.

"추가 접수에는 1위인 중영대학교 유태일 감독의 〈넓은 길〉부터 마지막 작품인 신지호 감독의 〈완벽한 인생〉까지, 총 여덟 작품이 선정됐습니다."

회의가 끝나자 감독들이 하나둘 자리를 떴다.

그들이 모두 미팅 룸을 나가자, 별도의 의자에서 선글라스를 통해 회의를 지켜보던 여배우가 말을 걸었다.

"참, 세상 오래 살고 볼 일이네요."

그녀는 담배를 입에 물고 라이터를 켰다.

그러자 눈살을 찌푸린 남길수가 말했다.

"건물 내 금연이야. 명예 심사 위원이 이름만 올려주면 되지, 뭐 하러 여기까지 직접 와? 요즘 한가한가?"

그녀는 말을 무시하며 불을 붙이고 담배 연기를 뱉어냈다.

"스읍. 좀이 쑤셔서요."

"그러게, 배우가 이미지 관리를 잘해야지. 왜 허구한 날 사고를 치고 다녀? 네가 감독들한테 한 번씩 삐딱선을 타니까 TV 섭외만 들어오고, 영화 섭외가 안 들어오는 거 아니야? 이 바닥이 얼마나 좁은지 몰라?"

"이사님 이러기예요? 이미지 관리도 때와 장소가 있는 법이지, 임 감독 그 영감탱이가 터치를 하잖아요. 그저 여배우라면 환장을 해가지고……."

"임 감독 눈에 들어서 배역만 따낼 수 있으면 무슨 짓이라도 하겠다는 애들이 부지기수야. 넌 안 늙어? 내가 너보고 화대 받아 챙기라는 거 아니잖아? 지금 창창하게 활동할 때 자존심 좀 굽히고 사근사근하게. 알아, 몰라?"

"전 됐네요."

여배우는 손사래를 치며 말했다.

"그나저나 대박이죠? 역시 나고 자란 환경은 못 속이는 건가?"

"그건 또 뭔 소리야?"

"신지호. 그 애 이름이잖아요."

그녀가 말을 이었다.

"그, 작년에 서 감독님 자택에서 봤던 중학생."

순간 남길수는 잊고 있었던 장면이 떠올랐다.

마당에 멀거니 서서 사진을 찍고 있었던 아이.

"하하하!"

그는 크게 웃음을 터뜨렸다.

'신지호가 신명일 작가 아들이란 말이지? 서 감독이 키운 아이! 이거 잘만 하면……'

두뇌가 팽팽 돌기 시작했다.

남길수는 여배우를 보며 씨익 웃었다.

"고맙다. 너 아니었으면 대어(大魚)를 눈앞에 두고도 놓칠 뻔했어."

*　　　　*　　　　*

오후 6시가 가까워지자 혜화동 소재 89번가에는 조현승 운영위원장, 남길수 심사 위원장을 비롯한 경쟁 부문 진출작 감독들이 속속 자리를 채우기 시작했다.

도착한 감독들은 감독 지원팀의 안내를 받아 각 장르별로 모여 앉았는데, 지호 역시 그 틈에 끼어 있었다.

'내가 미쟝센 예심을 통과하다니.'

그는 감개무량했다. 이 기쁨을 함께 작업한 팀원들과 같이 나누고 싶었지만 '경쟁 부문 사전 감독 모임'이었기 때문에 함께 올 수 없었다.

그때 익숙한 얼굴이 요리 주점 안으로 들어섰다. 예전 현수를 만나러 중영대에 갔을 때 봤던 얼굴이었다.

"어어?"

지호는 눈을 동그랗게 뜬 채 말을 잇지 못했다. 미처 이름을 몰랐던 것이다.

이때. 그를 발견한 상대 쪽에서도 같은 반응이 나왔다.

"어라? 그때, 현수 동생?"

"아, 안녕하세요!"

지호가 서둘러 인사하자, 상대방도 어깨를 잡으며 반갑게 말했다.

"이야, 이렇게 또 만나네요?"

"하하, 그러니게요! 전 신지호입니다."

"아, 유태일이라고 해요."

유태일은 지호의 맞은편에 앉으며 물었다.

"그나저나 어떻게 이곳에……?"

"……"

잠시 할 말을 고민하던 지호가 입을 열었다.

"영화감독이 꿈이라서 영화제에 도전했는데, 운 좋게 여기까지 올라왔어요."

"진짜 어려운 일을 해냈네. 대단한데요?"

"대단하긴요. 참, 저 현수 형이랑 형제지간 아니에요."

"아하. 난 또⋯⋯."

말끝을 흐린 태일이 덧붙였다.

"아무튼 선의의 경쟁을 펼치게 됐네요. 아직 미성년자니까 술은 안 할 테고, 사이다 괜찮아요?"

"아뇨. 환타 파인애플 맛으로 하겠습니다."

보통 이럴 땐 웬만하면 괜찮다고 하는데.

태일은 새삼 지호를 보며 생각했다.

'자기주장이 똑 부러지는 친구네.'

요리 주점 안은 삼삼오오 이야기를 나누는 감독들의 목소리로 떠들썩했다.

지호, 태일과 한 자리에 앉은 비정성시 부문 감독들도 서로의 작품을 소개하는 데 여념이 없었다. 자기 자신보다 작품에 대해 먼저 말하는 그들의 모습에서 영화에 대한 열정을 읽을 수 있었다.

'대학 교수를 하고 있는 사십 대, 방송국에서 일하고 있는 삼십 대, 대학교를 다니고 있는 이십 대 모두가 영화로 하나가 된다. 얘기를 들어보면 지금은 모두들 다른 일이나 학업을 병

행하고 있지만, 언젠가 완전한 영화감독이 되기 위하여 지금
도 영화제에 작품을 낸다.'

그리고 이제 자신도 이들과 '경쟁할 자격'을 얻었다.

파인애플 맛 환타를 홀짝이며 오가는 이야기를 듣고만 있
는데도 가슴이 벅차올랐다. 즐겁게 시간을 보내던 찰나, 비정
성시 부문 감독들이 몸을 일으키며 누군가에게 인사를 했다.

"아, 심사 위원장님."

"여기 앉으십시오!"

감독들의 환대를 받는 것과 자리에 앉는 것, 소주병을 드는
일이 동시에 이루어졌다. 남길수는 그 상태로 흡족하게 웃으
며 술을 권했다.

"하하! 자자— 다들 한 잔씩 받지."

졸졸졸 감독들의 소주잔이 가득 찼다.

"내가 먼저 한마디하겠습니다."

그는 잔을 들어 올리고 건배 제의를 했다.

"오늘은 영화인의 밤입니다. 제임스 캐머런 감독은 자신을
'세상의 왕'이라고 했습니다. 여러분도 오늘 밤만큼은 온 세상
이 당신 거라고 생각하고 노십시오. 건배는 '나는 세상의 왕'
으로 하겠습니다!"

"나는 세상의 왕!"

잔이 부딪혔다. 지호 역시 음료수가 든 잔을 유태일과 맞

됐다.

분위기를 와해시킨 남길수는 달아오른 안색으로 지호에게 다가갔다.

"잠시 자리 좀 비켜주겠나?"

"아, 네. 이쪽으로 자리하시죠."

태일이 자리를 옮겼다.

지호 옆에 앉은 남길수는 음료수를 따라주며 입을 열었다.

"네가 이렇게 잘 자라주어서 얼마나 다행인지 모른다."

뜻밖에 말에, 지호가 물었다.

"저를 아세요?"

"알다마다!"

남길수는 빙그레 웃으며 덧붙였다.

"대한민국 영화판에서 신명일, 김희수 부부를 모르면 간첩이지. 그래, 얼마 전까지 서 감독님과 함께 지냈다고?"

그제야 섬광 기억으로 찍어둔 이미지를 찾은 지호는 남길수가 작년에 헤이리 집을 방문했던 영화제작자임을 떠올릴 수 있었다.

그 순간 지호의 표정이 딱딱하게 굳어졌다.

"네, 전에 헤이리에서 뵌 것 같네요."

"아아, 경계하지 말거라."

남길수는 최대한 푸근한 미소를 지으려 애쓰며 말을 이었다.

"난 그저 네게 알려주고 싶을 뿐이다. 네 어머니 김희수 씨는 당시 우리나라 최고의 여배우였어. 네 아버지 신명일 작가가 그녀의 마음을 훔칠 수 있었던 건 소설가로서 이름을 날렸기 때문이 아니다. 바로 서재현 감독의 환심을 샀기 때문에, 그가 두 사람 사이에 징검다리 역할을 해 준 거지. 서재현 감독은 신명일 작가의 소설을 각색해 시나리오로 옮겨 적었고, 그 작품들을 계기로 영화계에서 큰 성공을 거두었다."

"아, 네."

지호는 건성으로 대답하며 음료수를 원샷했다. '그래서요? 듣고 싶지 않은데요'라는 말이 턱밑까지 치밀었지만 참고, 대신 누구든 싫은 티를 눈치챌 수 있을 정도로만 표현한 것이다.

그러나 남길수는 계속 모르는 척했다.

"그래! 뭐 지금까진 두 사람 합의 하에 그렇게 한 거니 괜찮다 치자. 하지만 네 아버지가 돌아가시기 전, 마지막으로 쓴 유작을 그 아들한테도 말하지 않고 꿀꺽하려는 건 잘못된 것 같아서 말이야. 무슨 말로 꼬여내었을지 모르니 나라도 나서서 말해줘야 하지 않겠니?"

순간 지호의 표정이 싸늘하게 변했다.

방금 들은 말이 모두 사실이라면 삼촌에게 물어볼 내용은 맞다. 그러나 남길수가 하는 짓은 치졸한 이간질에 불과했다.

지호가 이런 생각을 하는 와중에도, 남길수는 곁눈질로 표정을 살피며 떠들고 있었다.

"그래, 화가 나겠지. 나라도 그럴 거다. 하지만 화낼 일이 아니야. 네가 요구하면 서 감독은 언제든 아버지의 유작을 넘겨줄 수밖에 없다. 그러면 이 아저씨가 아버지 유작이 멋진 영화로 탄생할 수 있게 물심양면(物心兩面)으로 도와주마. 아마 너는 상상도 할 수 없는 거금을 얻게 될 테고, 아버지의 명예도 살리는 일이 될 거야."

"그럼 그 영화는 제가 만들어야겠네요."

지호가 차가운 표정으로 말을 이었다.

"〈완벽한 인생〉 보셨죠? 저도 만들 수 있잖아요."

"하하. 네 마음은 알겠다만 그건 단편이 아니냐. 더군다나 내 도움을 받으면 대한민국 최고의 스태프와 배우들로 제작할 수 있다. 현장에도 나가서 잘 만들어지는지 지켜보기만 하면 된다. 넌 아버지의 유작 한 편으로 엄청난 지원을 받고, 많은 투자자를 거느릴 수 있게 될 거야."

"후우."

크게 한숨을 내쉰 지호가 고개를 저었다.

"위원장님 말씀만 들으면 거절할 수 없는 제안이네요."

"하하! 당연하지. 이런 제안을 해줄 곳은 없을 거다. 서 감독을 제외하면 나는 네 아버지의 진가를 제대로 알고 있는 유일한 사람이지."

남길수가 다 잡은 물고기를 건져 올리려는 순간, 물고기인 줄 알았던 지호가 상어처럼 돌변해 이빨을 드러냈다.

"말씀은 감사하지만 사양하겠습니다. 저희 숙모가 같이 장을 볼 때면 늘 하시는 말씀 중에 이런 구절이 있거든요. '장사꾼은 절대 손해 볼 장사는 하지 않는다'. 또 위원장님이 저희 집에 방문하셨던 그 날, 삼촌도 말씀하셨죠. '반딧불이처럼 자신을 비출 줄 아는 사람이 되어야 한다, 남의 것을 탐내지 말고 스스로 성공을 쟁취하는 사람이 진짜 훌륭한 사람'이라고."

이번에는 남길수의 표정이 싸늘해졌다.

"어른 앞에서 못하는 말이 없구나. 됨됨이가 안 된 녀석을 영화판에 들여놓을 수는 없지."

"위원장님이 그렇게 생각하셔도 다른 심사 위원 분들은 생각이 다르실 겁니다. 심사 위원이 위원장님 한 분도 아닌데요, 뭘."

그 말을 남긴 지호는 벌떡 일어나더니 고개를 꾸벅 숙였다.

"제가 아직 고등학생이라 이만 들어가 봐야 할 것 같습니다. 기숙사 통금 시간에 걸리거든요! 그럼 이만."

자신이 영화판까지 들먹이며 위협하는데도 불구하고, 도리어 미소 지으며 여유롭게 퇴장하는 지호를 본 남길수는 주먹을 불끈 쥐고 이를 갈았다.

'이놈, 서 감독을 닮아서 그런지 건방이 하늘을 찌르는구나!'

두 사람이 나눈 대화 내용을 짐작도 못하는 감독들과 심사위원들은 정답게 손 인사를 했다.

일일이 인사를 나눈 지호는 요리 주점을 나서자마자 앞에 놓여 있는 빈 깡통을 발로 세게 걷어찼다.

"진짜 열 받네. 젊은 놈이나 늙은 놈이나 왜들 자꾸 남의 것을 탐내?"

*   *   *

미쟝센 영화제 개막일.

현수는 시간표를 보자마자 눈살을 찌푸렸다.

개막작이 유태일 감독의 〈넓은 길〉로 배정돼 있었던 것이다. 대개 언론이나 관객의 관심을 모을 수 있는 화제작으로 구성되는 개막작 특성상 신인 감독의 작품이 선택된 것은 이례적인 일이었다.

현수는 서재현 감독에 의해 제지당하지만 않았다면, 유태일의 작품이 대신 올라가지만 않았다면, 자신이 거머쥘 수도 있었던 기회라고 생각했다. 삐딱하게 바라보기 시작하자, 축하보단 의심이 먼저 들었다.

'대학생 입봉 작품이 개막작이라고? 대체 무슨 수작을 부린

거지?'

다시 팸플릿의 넘기며 출품작들을 보고 있는데, 귀에 익은 목소리가 들려왔다.

"왔어?"

태일이 천천히 걸어오고 있었다.

"수업 때 보는데도 어째 오랜만인 것 같네."

현수 작품이 갑자기 내려가고 태일의 작품이 그 자리를 차지한 뒤, 사이가 어색해진 건 사실이었다.

그 일로 악감정이 생긴 현수는 여느 때보다 공격적으로 나왔다.

"인터뷰다 뭐다 다른 감독들은 죄다 바쁜 것 같던데, 혼자서 한가한가 봐?"

태일은 감정적으로 맞서지 않고 대답했다.

"나 그런 거 싫어하잖아. 뭐, 신인 감독 작품이 개막작으로 올라갔으니 다른 감독들 심기가 불편한 것도 사실이고. 다들 말은 안 해도 황당했을 거야. 나도 그랬으니까."

"지금 네 작품이 개막작으로 올라갔다고 나한테 자랑하는 건가?"

"야, 김현수."

표정이 변한 태일이 현수의 어깨를 툭툭 두드리며 경고했다.

"보기 안 좋으니까 적당히 좀 해라. 너 지금 굉장히 여유 없어 보여. 그럼, 다음에 보자."

대화할 기분이 싹 사라진 태일이 지나쳐갔다.

한참을 제자리에 서 있던 현수는 다시 팸플렛을 펼쳤다.

그때, 익숙한 문구가 눈에 들어왔다.

여기 있어선 안 될 제목이었다.

아니, 있을 수 없는 영화였다.

'이게 어떻게 된 거지? 도대체……'

현수는 넋이 나간 사람처럼 멍하니 시간표를 보았다.

비정성시 1—90`

―완벽한 인생

시나리오를 완성했다는 것도 믿기 힘들었다.

그런데 사전 제작을 하고, 제작과 편집까지 마쳐서 출품을
했다?

현수는 사고가 정지한 채 그대로 얼어버렸다.

한편 유태일 감독의 영화를 보고 축하해 주러 온 지호는
멀찌감치 떨어져 그를 지켜보고 있었다.

'상영 날 보러 올 뻔뻔함이 있다면, 곧 다시 만나겠네.'

〈완벽한 인생〉 배정은 폐막 전날 오전 11시.

딱 일주일이 남아 있었다. 다른 비정성시 부문 작품들에 비

해 상당히 불리한 시간 배정이기도 했다.

'설마 사전감독모임 때, 위원장 제안을 대차게 깠던 영향일까?'

지호는 이런 생각을 해보며 피식 웃었다. 그는 현수에게서 시선을 돌려 한쪽 벽에 새겨진 문구를 봤다.

영화는 현실을 반영한다.

현실이 재미있다면 영화는 존재하지 않을 것이다.

—Jean—Luc Godard.

개막작을 포함한 상영작들은 까다로운 심사를 통과한 작품들답게 호평을 받았다.

그리고 마침내, 지호의 상영 날이 다가왔다.

Chapter 2
남의 것을 탐하지 말라

미쟝센 영화제의 콘텐츠 제작은 영화 전문 주간지 '시네마 24'가 도맡고 있었다. 따라서 고건수 기자는 미쟝센 영화제 기간 동안 신인 감독 취재를 쭉 진행하고 있었다.

　고건수는 〈완벽한 인생〉의 신지호 감독을 사전 조사하며 흥미로운 사실을 발견했다. 지호의 나이는 열일곱 살. 이만하면 미쟝센 영화제 경쟁 부문 역대 최연소 진출자였던 것이다.

　'흠, 어린 천재라⋯⋯.'

　취재 내용을 미리 계획해 두진 않았다. 영화감독들은 대부분 자신만의 독특한 가치관을 가지고 있었기 때문이다. 그는 모든 답변을 수용할 수 있는 폭넓은 마음을 가진 채 인터뷰 부스의 문고리를 돌렸다.

그 순간, 입술을 비집고 탄성이 튀어나왔다.

"으음?"

고건수는 평정심이 깨져 버렸다.

이유는 바로 지호의 외모.

'비주얼 한번 살벌하네!'

완벽한 신체 비율과 뚜렷한 이목구비. 아직 덜 무르익긴 했지만 웬만한 아역배우 뺨친다.

잘생긴, 최연소, 천재 영화감독.

이 세 가지 키워드만 나열해도 기사 제목이 된다. 한마디로 정리해 대박감이었다.

"에헴, 반갑습니다. 전 '시네마24'의 고건수 기자입니다."

지호는 조금 경직된 목소리로 대답했다.

"안녕하세요, 신지호입니다."

"하하. 네, 알고 있습니다."

그는 가방에서 카메라를 꺼내며 덧붙였다.

"편하게 대화한다고 생각해 주세요."

"항상 카메라 뒤에만 서서 그런지 어색하네요."

"음, 충분히 그럴 수 있다고 생각합니다. 하지만 이제 익숙해지셔야 할 걸요? 카메라를 피해 다니기에는 외모가… 너무

비범해요."

"하핫, 감사합니다."

자꾸 어색한 웃음을 흘리는 지호를 보며 씩 웃은 고건수가 카메라를 잠시 내려놓고 수첩과 펜부터 꺼냈다.

"먼저 단편영화에 대한 신지호 감독님의 생각이 궁금한데요. 열일곱 살 영화감독의 시선에서 본 단편영화란 무엇일까요?"

"음……."

잠시 고민하던 지호가 대답했다.

"'시' 같아요. 담백하고 함축적인 느낌?"

"실제로 영화를 만들 때도 그런 느낌을 주려고 노력하시나요?"

지호가 빙긋 웃었다.

"네. 잠들기 전 십 분, 이십 분 조각 시간에 편하게 볼 수 있게끔."

"저도 새벽 감성에 단편영화를 즐겨보곤 합니다. 단편영화는 대부분 젊은 신인 감독들의 작품이라 그런지 덜 익은 풋사과 같아요. 싱그러움도 있고."

"제 사과도 쓰지 않고 달콤하셨으면 좋겠네요."

지호는 영화를 사과에 비유하며 재치 있게 받아쳤다.

그 후로도 두 사람은 인터뷰를 이어 나갔다.

고건수는 대화를 나눌수록 지호의 매력에 흠뻑 빠져 들었다. 지호는 어린 나이에도 불구하고 벌써 상대의 마음을 편안하게 만들 줄 알았다. 아무리 끔찍한 일이 닥쳐도 미소를 지은 채 어깨 한 번 으쓱이고 침착하게 대처할 수 있을 것 같다고나 할까?

고건수는 그와 대화하며 영화감독 존 부어맨(John Boorman)의 잔상을 보았다. 그리고 일종의 확신을 가질 수 있었다.

'벌써 가치관에 중심이 잡혀 있다니. 장차 완숙해졌을 때가 기대되는군.'

고건수와 즐거운 대담을 마치고 인터뷰 부스를 나선 지호는 대기실로 이동했다. 그러자 감독 지원팀이 달라붙어 일정을 설명했다.

"영화 상영이 끝나면 '관객과의 대화' 시간을 가지게 될 겁니다. 배우들은 언제 도착하나요?"

"아, 삼십 분 후쯤 도착할 것 같습니다."

"네, 그럼 오시는 대로 준비해 주세요!"

감독 지원팀 사람은 자신을 찾는 소리를 듣고 대기실을 서둘러 나갔다. 저마다 바쁘게 움직이는 사람들을 보며 지호는 멀거니 앉아 있었다.

두근, 두근.

곧 있으면 영화를 관객 앞에 선보이는 순간이다.

이런 생각을 하자, 심장이 두방망이질 쳤다.

*   *   *

현수는 창백한 얼굴로 상영관을 다시 찾았다.

그 순간, 그를 발견한 이지은이 먼저 말을 걸어왔다.

"어? 예전에 공모전에서 봤던 학생 맞죠?"

그녀는 지호에게 줄 꽃다발을 들고 혼자 서 있었다. 평일 오전이었기에, 수열은 학교에 가고 못 왔던 것이다.

이지은을 본 현수는 도둑이 제 발 저리듯 움찔했다.

"아… 안녕하세요."

"여기 혼자 왔어요?"

"네, 학교 교수님께서 초청권을 주셔서요."

"그랬군요. 우리 그이가 현수 학생 신경을 많이 쓰더라고요."

"네? 그게 무슨……."

현수는 머릿속 퍼즐조각들이 맞춰지기 시작했다. 그는 지금껏 서재현과 이지은이 어떤 관계인지 전혀 모르고 있었다. 하지만 두 사람의 관계를 알게 된 이 순간, 서재현과 지호의 관계 역시 명확히 연상된 것이다.

'뭐야, 모두 한통속이었던 거야?'

현수의 일그러진 표정을 보며 고개를 갸웃한 이지은이 물었다.

"갑자기 왜 그래요? 어디 불편해요?"

"아, 아닙니다. 처음 듣는 얘기라서요."

"금시초문이었나 보네요. 알고 있을 줄 알았는데."

"그럼… 교수님과 지호가 친척인 건가요?"

"음, 비슷해요."

그녀는 시간을 확인하며 말했다.

"이런! 곧 시작하겠네요. 그럼 이따 끝나고 또 봐요."

두 사람은 각자 떨어진 자리의 초대권을 받았기 때문에, 이지은이 먼저 자리를 떴다.

홀로 남겨진 현수는 이를 악물었다.

"이제야 상황이 이해가 되네."

혼잣말을 뱉은 그는 심각한 오해를 품었다.

'하, 그럼 그렇지. 서 교수님이 도와주신 게 분명해! 그 풋내기가 뭘 할 줄 알아서 영화를 스스로 만들었겠어?'

현수는 긴장감을 덜며 상영관으로 들어갔다. 안에서는 모든 조명이 소등된 채 스크린에서 불빛이 흘러나오고 있었다.

영화가 시작되고 블랙스크린에 '남자'라는 주제어가 나타나자 옴니버스 형태의 영화임을 알 수 있었다.

첫 장면은 '남자'가 허름한 주택 마당에서 밥을 짓는 모습을 담고 있었다. 중년 남자의 분장을 한 용빈이 해맑게 웃으며 직접 밥상을 차린 후 가족들을 손짓해 불렀다.

아내와 딸이 마당의 평상으로 모여드는 장면이 나왔지만, 두 사람의 얼굴은 지붕에 가려 보이지 않았다. 이어서 카메라가 점점 상승하며 주택 전경을 잡았다.

크레인 업 엔트런스(Crane up entrance) 기법을 본 현수는 눈살을 찌푸렸다.

'저 정도 높이면… 설마 단편 하나 찍는 데 크레인 장비까지 동원한 건가? 빽이 좋긴 좋아. 제작 예산이 아주 썩어났나 보네!'

크레인 장비를 동원하지 않고 직접 움직이며 촬영했다기에는 너무 깔끔했다. 현수는 자신의 기준에서 불가능하다고 판단 내렸다.

한편 스크린에선 화면이 전환됐다. 용빈이 하나뿐인 딸 유나를 떠나보내는 장면이 나오고 있었다. 떠나가는 뒷모습을 하염없이 바라보는 아버지의 애환이 고스란히 녹아 있는 눈빛이었다.

이를 본 현수는 약이 올랐다.

'운도 좋지. 저렇게 좋은 배우들을 쓰다니.'

블랙스크린에 '여자'라는 주제어가 나왔다.

아름다운 영상미와 잔잔한 음악이 함께했던 '남자' 파트와는 달리, 분위기가 180도 반전됐다. 그로테스크한 영상과 음악이 관객을 불편하게 만들고 있었던 것이다.

고시원 책상에서 눈에 불을 켠 채 공부를 하는 유나. 그녀는 병적인 집착을 보였다. 광기 어린 눈빛, 머리를 밀고, 미친 듯이 문제집을 푼다. 대부분의 장면이 실루엣과 클로즈업만으로 구성돼 관객의 시각을 제한했다. 이런 시점이 관객의 긴장감과 호기심을 동시에 자극했고, 유나는 전구가 불안하게 깜빡이는 화장실로 향했다.

그녀가 코피를 쏟는다. 카메라가 세면대를 비춘다. 여자가 천장을 향해 얼굴을 쳐든다. 여자의 얼굴을 어안렌즈(Fish-eye lens: 사각이 180°를 넘는 초광각렌즈, 마치 오목거울처럼 보여준다)로 잡는다.

'쳇.'

현수는 주위를 힐끔거렸다.

'남자' 파트에서 잔잔하게 시작된 영상이 '여자' 파트에서 자극적으로 바뀌며 긴장감을 고조시켰다. 점진적인 몰입이 관객의 시선을 물먹는 솜처럼 빨아들이고 있었던 것이다.

이제 스크린에서 마지막 파트인 '완벽한 인생'이란 주제어가 나왔다. 이 파트의 장면은 노출 과다(Overexpose)로 진행됐다.

눈부시게 밝은 조명으로 관객의 초점을 흐리며 병실의 전경을 보여준다. 이어서 카메라는 병원 침대 옆에 서 있는 사람의 시점에서 '여자'를 비추었다. 창백하고 정교한 분장을 한 유나는 병들어 말라버린 환자 그 자체였다. 유나가 눈을 뜨며, 카메라 시점이 그녀의 시선으로 부드럽게 전환됐다.

'남자' 용빈은 아무 말 없이 눈물을 뚝뚝 쏟아내고 있었다. 딸을 먼저 보내게 된 아버지의 감정이 절절하게 전해졌다.

객석 곳곳에서 훌쩍이는 소리가 들려왔다.

이때 노출 과다 페이드 아웃(Overexpose fade-out: 화면을 소거하는 하나의 연출 기법)이 사용됐다. 화면은 배우들의 윤곽이 없어질 때까지 점점 밝아지다가 아예 화이트스크린으로 변했다.

엔딩 크래딧에는 촬영장소를 제공해 준 노인 부부의 영상 메시지가 쿠키영상으로 더해졌다. 끝난 줄 알고 막 일어나려던 관객들도 다시 엉덩이를 붙였다.

"엄마? 아빠?"

현수 옆자리의 여자가 노부부를 나직이 부르며 눈가를 훔쳤다. 그녀 곁에 앉은 남자가 살포시 안아주며 위로했다.

"하하, 정말 서프라이즈네. 우리 남매가 그간 얼마나 소원했는지 엄마, 아빠도 아셨나 봐."

남매의 모습을 보며 현수는 마음이 심란해졌다. 부럽고, 질투가 났다. 자신도 사람의 감정을 움직이는 영화를 만들고 싶었다. 아니, 만들 수 있다고 믿어왔다.

'서 교수님이 도움을 주셨다고 쳐도… 만약 나였다면 이런 영화를 만들 수 있었을까?'

현수는 확신하지 못했다.

그 순간 스크린에 〈관객과의 대화〉가 준비되어 있사오니 참여하실 분들은 자리에 앉아 계시기 바랍니다.'라는 안내문구가 나왔다.

관객들은 아무도 일어나지 않았다. 이런 감동을 준 감독과 배우들이 궁금해진 것이다.

반면 현수가 나갈지 말지 고민하고 있던 찰나.

지호가 배우들과 함께 입장했다. 배우들로는 용빈, 유나, 해조가 참석했다. 그들이 나란히 서서 인사한 뒤 자리에 앉았다.

지호는 이지은과 유태일에게만 시선을 보냈을 뿐 현수는 모른 체했다.

이지은과 유태일을 비롯해 맨 앞줄에 앉아 있던 지인들은 감독과 배우의 발치에 축하 꽃다발을 내려두었다.

그리고 이내, 사회자가 들어서며 말했다.

"반갑습니다. 미장센 영화제 〈관객과의 대화〉에서 사회를 맡은 고건수 기자 겸 영화 평론가입니다."

지호가 깜짝 놀라자 그는 웃음을 흘리며 덧붙였다.

"저 보니까 반갑죠? 아까 인터뷰했었는데. 깜짝 놀라게 하려고 일부러 말 안 했어요."

관객들이 웃음을 터뜨렸다. 개중에는 휴대폰을 꺼내 사진을 찍는 이들도 있었다.

대상에 포함된 고건수가 대본으로 얼굴을 가리는 시늉을 하며 자신의 자리에 앉았다.

"전 일반 기자로서 초상권이 있으니까, 이후부터 촬영은 자제해 주시기 바랍니다. 뭐 이해는 해요. 우리 배우들은 물론, 감독님까지 너무 잘 생기셨죠?"

"네—!"

관객들이 호응하자 고건수가 씩 웃고는 지호에게 물었다.

"저 포함해서 여기 전부 다 배우 같지 않나요? 혹시 감독님께서는 계획이 있으신지요?"

지호가 어색하게 마이크를 들고 대답했다.

"아뇨, 하하. 전 인터뷰 때 말씀드렸듯이 카메라 뒤에 서는 편이 익숙합니다."

"그렇군요. 그럼 이제부터 본격적인 질문을 받아볼 차례입니다. 먼저 감독님부터 질문 받겠습니다."

한 관객이 손을 들고 물었다.

"전 영화과에 다니는데요. 불문율처럼 관습으로 굳어진 것이, 연기자가 카메라를 쳐다보며 연기하지 못하게 하는 거예요. 영화에서 '여자'는 계속 앵글을 보는 것 같던데, 이 부분에 대한 감독님의 견해를 듣고 싶습니다."

지호는 마이크에 대고 입을 열었다.

"저는 아직 영화과에 안 가봐서 모르겠지만."

객석에서 웃음이 터져 나왔다.

살짝 미소를 머금은 지호가 말을 이었다.

"고정관념이라고 느껴지는 부분을 배제한 채 자유롭게 촬영했습니다. 그 장면에선 관객들을 불편하게 만들고 싶었고, 어떻게 앵글과 구도를 잡을까 고민했죠. 전 그게 좋아요. 만약 이 기법이 정말 금기였다면, 〈양들의 침묵〉의 '한니발 렉터'가 카메라를 바라보는 장면이 세기의 명장면으로 꼽히지 못했을 거예요."

자신의 입장과 기법에 대한 설명, 예시까지 포함돼 있는 백점짜리 대답이었다. 몇 차례 더 영화에 대한 질문을 받았지만 지호의 답변은 한결같이 안정적이었다.

배우들까지 질문과 답변을 모두 주고받자 고건수가 마무리 멘트를 했다.

"영화제 내내 이렇게 열띤 질문이 쏟아지는 상영관은 또 처음입니다. 평일 오전이라 사람도 별로 없는데 말이죠. 저 또한 아쉽지만 이제 퇴장해야 할 시간입니다. 나가실 때에는 미리 받으신 설문지에 대한 솔직한 평가를 부탁드립니다."

다시 인사를 올린 감독과 배우들이 줄줄이 나갔다.

그러자 관객들도 하나 둘 상영관을 떠나기 시작했다.

현수는 그중 마지막으로 일어났다. 반나절도 안돼서 큰 충격을 여러 번 받은 그는 넋이 나간 얼굴이었다. 막 문을 열고 나서는 찰나.

지호가 앞에 떡하니 서 있었다.

그와 맞닥트린 현수의 표정이 일그러졌다.

"……."

"오랜만이네요."

현수가 고개를 끄덕이며 물었다.

"날 기다린 거야?"

"아뇨, 마지막 관객이 형이었을 뿐이에요."

지호는 마침 자신의 작품을 찾아준 관객들에게 일일이 감사의 인사를 하고 있던 참이었다.

살짝 민망해진 현수가 대답했다.

"어, 그래… 영화는 잘 봤다."

"네. 저도 예심에서 통과할 줄은 몰랐는데, 어쩌다 보니 이렇게 됐네요."

"난……."

현수가 무어라 답하려던 찰나.

지호가 말을 잘랐다.

"이번처럼 남의 것을 훔치다 보면 형은 자신만의 색깔이나 창의력 모두를 잃고 말거예요. 한마디로 불구가 되어버리는 거죠."

따끔하게 충고한 그는 몸을 돌렸다.

지호의 뒷모습이 사라질 동안 현수는 꼼짝하지 못했다. 그는 납덩이같은 얼굴을 들고, 더할 나위 없이 비참한 표정으로 서 있었다.

                    *   *   *

미쟝센 영화제 폐막 날.

현수는 영화제에 가는 대신, 교내 커피숍에 태일과 마주앉아 있었다.

"왜 보자고 한 거야?"

태일은 그를 빤히 응시하며 커피를 마실 뿐 아무 말도 하지 않았다.

속이 답답해진 현수가 재차 입을 열었다.

"내가 오늘 기분이 좀 안 좋은데. 할 말 없으면 먼저 일어날게."

"앉아."

짤막한 명령조.

태일의 음성은 평소와 달리 무겁고 딱딱했다.

뭔가 잘못되었음을 인지한 현수가 도로 앉으며 물었다.

"그럼 날 왜 여기로 불러냈는지 대답 좀 해주지? 지금 우리가 같이 커피 마실 만큼 돈독한 사이는 아닌 것 같은데."

"〈완벽한 인생〉… 지호 작품이더라."

"뭐?"

"미쟝센 영화제에 갔거나 관심이 있는 선배들, 동기들 모두 수군대고 있어. 오죽하면 학회장 민영기 선배님이 나한테 1학년 과대로서 진위 여부를 확인해 보라더라."

"하, 여기저기서 다 그 소리군."

잠시 고개를 숙이고 있던 현수가 얼굴을 들었다. 그는 표정을 잔뜩 찌푸린 채 태일에게 물었다.

"신지호와 난 시나리오를 공동으로 작업했던 적이 있어. 서 교수님한테도 이미 말했지만 우연히 제목과 아이디어가 겹쳤을 뿐이야. 덕분에 신지호 작품이 영화제에 나갔고, 난 촬영도 못해보고 접어야 했지. 무슨 설명이 더 필요해?"

"이야, 낯짝 한번 두껍네. 철가면이라도 썼냐?"

태일의 말투가 변했다. 대학교에 입학한 후 처음 뚜껑이 열린 것이다.

"잘 들어. 이 치사한 새끼야. 그 어린애 시놉을 빼앗은 것도 모자라, 끝끝내 잘못을 인정 못 하시겠다? 지호가 조금만 둔

했어도 힘없이 당했겠지. 널 믿는 연출과 전체가 속았을 테고, 언젠가 진실이 밝혀졌을 땐 학교 전체가 망신을 당했을 거야. 그중에는 나도 포함됐겠지. 네가 무슨 짓을 저지른 건지는 알고 있냐?"

현수는 자신도 모르게 위축됐다. 태일이 당장에라도 한 대 후려칠 것 같았기 때문이다.

나약한 모습을 본 태일은 김이 팍 샜다.

"휴, 우리 학교 학생인 게 요즘처럼 쪽팔린 적이 없다. 앞으로 어디 가서 우리 학교라고 나불거리지 마."

몸을 일으킨 그가 짤막하게 덧붙였다.

"서 교수님 찾으시던데 연구실로 가봐라. 그분이 아니었으면 넌 학교에 나오지도 못했을 테니까."

태일이 막 자리를 뜨려 할 때.

현수가 발악하듯 외쳤다.

"넌 뭐 다르냐? 시발. 네가 미쟝센 영화제 개막작으로 선택된 게 우연일 것 같아? 단 한 번이라도 신인 감독 작품이 개막작으로 선택되는 거 봤냐고."

"그건 또 무슨 개소리야?"

"너희 아버지가 아주 큰 병원의 병원장이라지? 내가 봤을 땐 너도 짜고 치는 고스톱이란 소리야."

"확실하지 않은 거면 입 함부로 놀리지 마라. 한마디만 더

하면 넌 오늘 나한테 반 죽어."

태일이 으르렁대자 현수는 다시금 입을 닫았다.

'젠장.'

마음 같아선 어디 한번 죽여보라며 어깃장을 놓고 싶었지만 번번이 기세에서 밀렸다.

태일이 떠날 때까지 우두커니 서 있던 현수는 서재현을 생각하며 다시금 비참한 기분에 사로잡혔다. 가장 존경해 왔던 인물에게, 가장 보잘 것 없는 존재가 된 기분은 그야말로 참담했던 것이다.

"하아."

천장을 한참 올려다보던 현수는 서재현의 연구실로 가지 않고, 학교 교문에서 택시를 잡아탔다.

"어디로 모실까요?"

택시기사가 물었다.

그러나 현수는 갈 곳이 없었다. 고향은 멀고, 남의 작품을 훔치려했다는 소문이 퍼졌다고 생각하자, 대학 친구 누구에게도 연락할 수가 없었다.

철저한 고독감을 느끼던 현수가 말했다.

"가까운 한강 둔치로 가주세요."

지난 일들이 파노라마처럼 떠올랐다. 입시에 성공하자마자 기대감에 부풀어 서울로 상경했던 것, 공모전에서 지호를 만나고 즐겁게 공동 작업을 했던 시간들, 선배들 도움을 받아 동기들과 워크숍 작품을 준비했던 일, 어려서부터 우상처럼 여겨온 서재현 감독의 칭찬을 받았던 순간까지. 이 값진 추억을 포기하면서까지 얻어낸 결과는 도둑놈이란 꼬리표뿐이었다.

*　　　*　　　*

미쟝센 영화제 폐막 날 저녁.

'㈜필름' 사옥 내부의 미팅 룸.

심사 위원장 남길수는 일그러진 얼굴로 앉아 있었다.

"유태일의 〈넓은 길〉을 실격 처리하자고요?"

심사 위원들은 돌처럼 굳은 표정으로 묵묵부답이었다.

답답해진 남길수가 재차 물었다.

"아니, 비정성시 부문 최우수 후보작을 어떻게 탈락시킵니까? 도대체 이런 결정을 내리는 이유가 뭐냔 말입니다!"

그는 책상을 쾅! 쳤다.

이쯤 되자, 심사 위원 중 한 명이 입을 열었다.

"그것뿐이 아닙니다. 대표님께서는 이번 영화제를 마지막으로 위원장직에서도 물러나주셔야겠습니다. 물론 이번 영화제역시 투표권을 행사하거나 개입하실 수 없고요."

"아니, 도대체 그게 무슨……."

"유 원장님이랑 유착 관계가 있다는 설이 있습니다. 그런데 터뜨린 쪽이 굉장히 신뢰할 만한 곳이에요. 이 일로 미장센 영화제가 괜한 구설수에 오를 수 있다고 판단했고, 심사 위원 만장일치로 결정된 사항입니다."

"그게 어디서 나온 정보입니까? 나한테 일언반구 언질도 해 주지 않고 이래도 되는 겁니까?"

"죄송합니다. 영화제의 공정성을 위해 물러나 주시지요."

심사 위원들의 굳은 면면을 바라본 남길수는 이미 돌이킬 수 없는 상황이란 것을 깨달았다. 오래도록 사업을 해온 그는 더 이상 추한 모습을 보이지 않고 두 눈을 질끈 감은 채 고개를 끄덕였다.

"알겠습니다. 내 빠져 드리지. 굳이 회담 장소를 변경하거나 할 필요는 없습니다. 사무실에 있을 테니까요."

그는 항복하듯 양손바닥을 펴보이고는 퇴장했다.

남길수가 사라지자 심사 위원들 간의 회의가 다시 진행됐다.

"심사 위원들 의견은 정리됐습니다. 명예 심사 위원들은요?"

심사 위원은 쟁쟁한 현역 감독들로 구성돼 있었다.

반면, 명예 심사 위원은 유명 배우들이었다. 그들을 대표하는 여배우가 살포시 웃으며 대답했다.

"네, 박 감독님. 저희도 결정 났어요."

경쟁 부문은 총 다섯 부문. 각 부문을 담당한 심사 위원 다섯 명과 명예 심사 위원 다섯 명의 의견이 교차됐다.

1위부터 5위 작품을 사전 협의 없이 비밀투표로 각자 선정한 뒤 일치하는 작품은 그대로 순위를 매기고, 불일치하는 작품은 관객 투표를 통해 순위를 정하는 방식이었다. 투표 결과를 가장 먼저 접한 심사 위원 대표인 박 감독이 말했다.

"흠, 이건 전혀… 예상치 못한 결과네요."

"엄청 떨리는데요? 어서 발표해 주세요, 감독님."

여배우의 말에 고개를 끄덕인 박 감독이 마침내 결과를 발표했다.

"비정성시 부문 최우수작품상은 턱걸이로 추가 접수 예심 때 통과했던 신지호 감독입니다. 심사 위원과 명예 심사 위원의 의견이 불일치했어요. 따라서 관객들에게 결정권이 돌아갔고, 영화제 기간에 〈완벽한 인생〉을 봤던 관객 전부가 신지호 감독을 찍었습니다. 그렇다 보니 영화제에서 가장 적은 관객 수를 기록한 작품인데도 불구하고, 수상하게 됐네요."

장내의 모두가 술렁였지만 여배우만은 입가에 진한 미소를 그렸다.

'혹시나 했는데… 역시 보통이 아니네. 1위로 투표한 보람이 있어. 이래서 피는 못 속인다고 하는 건가?'

이어서 나머지 부문 투표가 진행됐다.

비정성시 부문 명예 심사 위원인 여배우는 먼저 미팅 룸을 나와 엘리베이터 앞에 섰다.

뒤따라 나온 비정성시 부문 심사 위원 박 감독이 옆에 나란히 서며 말을 붙였다.

"그 아이의 장래성을 보고 투표한 건가?"

공석에선 존대를 썼지만, 지금은 반말을 썼다.

단둘이 만난 상황은 이번이 처음인데도.

여배우가 고개를 돌리며 싱긋 웃었다.

"글쎄요? 좀 저렴하게 말하면 제 코드라서. 관객들도 저랑 코드가 동일한가 봐요."

"임 감독님 말씀이, 자네가 까분다고 하던데… 그 말이 사실이었어."

"제가 동안이긴 하지만 '까분다'는 표현은 좀 심했네요. 열다섯 살 먹은 아역배우도 아닌데."

그 순간 엘리베이터가 도착했다. 띵동― 소리와 함께 문이 열리자, 여배우가 'open' 버튼을 누르고 말했다.

"감독님 먼저 타세요. 전 올라가야 해서."

박 감독은 무덤덤한 얼굴로 엘리베이터를 탔다.

문이 닫히기 전, 그가 경고했다.

"업계가 좁다는 걸 분명히 알아뒀으면 좋겠군."

"네에! 명심합죠. 안녕히 가시길!"

여배우가 우아하게 인사했다.

이내 문이 닫히고 박 감독이 내려갔다.

"영감탱이들! 업계가 좁아터졌으니 다들 개성 없이 똑같은 말만 해대지. 귀에 딱지 않겠네."

귀를 후빈 여배우가 반대쪽 엘리베이터를 타고 대표실로 올라갔다. 비서는 퇴근하고 없었기에, 여배우는 노크를 두 번 한 뒤 문을 열어젖혔다.

서울의 야경이 훤히 내려다보이는 청담동 스카이 오피스(Sky office)가 눈에 들어왔다. 화려한 사무실 안, 온더락 잔에 양주를 따라 마시고 있던 남길수가 고개를 들었다.

"이 밤에 여긴 왜 왔어?"

벽에 비스듬히 기댄 여배우가 피식 웃었다.

"술 상대해 주러 온 건 아니니까 너무 기대하지 말아요. 재밌는 이야기 하나 들려주러 왔으니까."

"재밌는 이야기?"

"궁금하지 않아요? 누가 대표님을 심사 위원장직에서 끌어내렸는지. 그리고 왜 그런 짓을 했는지."

잠시 침묵하던 남길수가 고개를 끄덕였다.

"그렇지. 나와 유 원장 관계를 알고 있는 사람은 몇 없으니까. 설마 했는데… 왜 제보한 거지?"

"제가 임 감독한테 성추행을 당했다고 말씀드렸을 때 그러셨죠? 자존심 좀 굽히고 사근사근하게 굴라고. 근데 전 도저히 그게 안 되더라고요. 작품은 하고 싶고, 그래서 어떡해요?"

그녀가 씩 웃었다.

"제 밥그릇은 스스로 챙겨먹어야죠. 아무리 기다려도 보답할 생각을 안 하시더라고요. 제작사 사정이 어려워져서 유 원장의 투자를 받아내려 했을 때, 제가 도움드렸던 부분에 대한 보답은 받아야 하지 않겠어요? 임 감독이랑 맺은 가계약 파기하고, 영화 섭외 따줘요. 아주 좋은 작품으로."

"지금 날 협박하는 건가?"

남길수는 취기가 오른 표정으로 성큼성큼 다가갔다.

빤히 응시하던 여배우는 품에서 립스틱 같이 생긴 물건을 꺼내며 말했다.

"다가오지 마세요. 비싼 술 드셔놓고 바로 깨면 아깝잖아요?"

호신용 스프레이를 본 남길수는 걸음을 멈췄다.

"후……."

긴 한숨을 뱉은 그는 손을 휘휘 내저었다.

"알겠으니까 그만 꺼져."

"역시 우리 대표님, 완전 쿨하시다니까? 그나저나 이제 어떡해요? 지호가 자기 실력으로 떳떳하게 영화제에서 수상을 해버렸으니, 신명일 작가 시나리오를 받기가 더 힘들어졌는데."

"대체 하고 싶은 말이 뭐야? 그래, 말 나온 김에 나도 하나만 묻자. 투표에서 신지호 편을 든 이유가 뭐냐? 공정한 심사 같은 소리 말고, 진짜 이유를 대봐."

"음."

여배우는 잠시 고민하는 척 하더니, 사무실 문을 열고 나가며 크게 외쳤다.

"에이, 그런 건 알려주면 재미없죠!"

남길수는 술을 마저 들이켜고는 집요하게 말했다.

"여우같은 계집애. 이유를 말해줘야 원하는 걸 얻을 수 있을 거다."

걸음을 멈춘 여배우는 몸을 돌리며 대답했다.

"이건 대표님과 내 거래가 성사되지 않았을 때 내가 다시 영화판에 복귀할 수 있는 보험 같은 거죠. 지호는 계기만 있으면 단숨에 커버릴 재목이니까. 저는 이번 미쟝센 영화제에서 멋진 작품에 한 표를 준 것뿐이에요."

"머리 한번 잘 돌아가는군. 신지호가 나중 가서 안면몰수하면?"

띵동.

엘리베이터에 탄 여배우가 대답했다.

"흐음, 안 그래도 지금 〈완벽한 인생〉 쫑파티에도 놀러가 볼 참이에요. 유명세를 이럴 때 안 써먹고 언제 써먹겠어요. 불청객이라도 환영받을 수 있는 비결이랄까? 좀 친해져 둬야죠."

말은 안 했지만 쫑파티 장소도 마음에 쏙 들었다. 강 보며 치킨에 맥주. 외진 곳에서 놀면 밤이라 눈에 띌 일도 없다.

'한강 둔치라……'

그녀는 엘리베이터 문을 닫았다.

*   *   *

여배우, 오수정은 자신의 자가용을 몰고 사옥 지하 주차장을 빠져나갔다. 대로로 나온 그녀는 입술을 지그시 깨물며 핸들을 잡은 왼손의 손목시계를 보았다.

오후 7시. 하필이면 퇴근 시간이다.

"하아, 존나 막히네."

수정은 야구 모자를 깊이 눌러쓴 채 욕설을 뱉었다. 시종일관 여유로웠던 표정이 한 꺼풀 벗겨지자 활발한 매력이 넘치는 웃음 대신 예민하고 신경질적인 표정이 드러났다. 그녀는 백미러에 자신의 얼굴을 비춰보며 회상에 잠겼다.

수정이 처음 연예계에 입문했던 건 다섯 살 무렵이었다. 그녀는 인격 형성에 가장 중요한 영향을 미치는 대부분의 시간을 가면 쓴 채로 보내야 했다. 자유로운 감정 표현을 하거나 가까운 친구를 사귀는 것조차 불가능했다. 아무것도 마음대로 할 수 있는 게 없었다.

학교나 촬영장에 있을 때면 하루 종일 주변 시선에 신경을 써야 했다. 친구들이 자신을 신기하게 바라보는 눈빛에선 이질감을 느꼈다. 대인 기피증이 생겼고, 고강도 촬영 스케줄과 피로에 시달리다 보니 혼자 있을 땐 극도로 예민해졌다.

심리적 불안정이 고착화되자 일하는 순간을 제외하곤 늘 불안감에 시달렸다. 촬영 현장을 벗어나면 우울증이 찾아오고 고독해졌다. 그 기분을 달래려고 또다시 술과 담배를 찾는다. 그야말로 악순환인 것이다.

자신의 신세를 돌아보던 수정이 절로 한탄했다.

"정말 사회적 약자라니까? 정신병 걸릴 확률이 가장 높은 직업이야."

긴 과거 여행을 하는 사이 자가용은 한강 둔치로 들어섰다. 그녀는 천천히 강변을 돌며 지호를 찾았다. 그리고 머지않아, 잔디밭에 둥글게 둘러앉은 남녀 무리가 보였다.

'무슨 이런 데서 쫑파티를 해?'

수정은 피식 웃으며 주차 라인에 차를 대고 시동을 껐다. 그녀는 왠지 내리지 않고 즐겁게 웃는 〈완벽한 인생〉팀을 멍하니 바라만 보았다.

                    *   *   *

  그 시각, 기철이 지호의 종이컵에 환타 파인애플 맛을 따라
주며 말했다.

  "수고 많았다. 예상도 못한 성과야."

  "맞아. 예심을 통과하다니! 사람 욕심은 끝이 없다고, 솔직
히 난 그 이상도 기대되네."

  지혜의 말을 웅지가 거들었다.

  "저도요. 우리 작품보다 잘 빠진 작품도 없더만, 뭘."

  "제가 보기에도 우리 지호가 최고였어요."

  마리가 엄지를 추켜세웠다.

  빙그레 웃은 지호는 스태프들과 다소 어색하게 앉아 있는
배우들을 차례로 응시하며 입을 열었다.

  "스태프들, 배우들. 모두 고생 많으셨어요. 이제 더 이상 시
간에 쫓기는 일 없으니까 돌아가면서 한마디씩 하죠."

  하필이면 지호 바로 옆자리에 유나가 앉아 있었다. 가장 소
감을 듣고 싶은 사람이 첫 번째로 걸리다니!

  기대감 어린 시선이 유나에게 몰렸다.

  "휴."

  나직이 한숨을 쉰 그녀가 얼굴을 살짝 붉히며 입을 열었다.

"먼저 죄송하단 말을 하고 싶어요."

반응은 충격의 도가니였다.

심지어 유나를 가장 오래 본 용빈은 입을 떡 벌리고 있었다.

'최유나가 미쳤나?'

그러든 말든 유나는 굳게 결심한 듯 말을 이어나갔다.

"촬영이 끝나고, 〈관객과의 대화〉 시간을 가지면서 지난날들이 모두 꿈만 같이 느껴졌어요. 이제 다시 일상으로 돌아가야 한다는 사실이 끔찍했죠. 예전 제 모습이 창피해졌거든요. 연기에 대해 진지한 열정도 없으면서, 유치하게 현실을 탓하기 바빴다는 생각이 들었어요."

"와!"

용빈이 박수를 쳤다.

짝, 짝, 짝, 짝.

그는 엄지를 추켜세우며 말했다.

"진짜 십 년 묵은 체증이 다 내려간다. 그걸 드디어 알았구나? 철들었네, 철들었어."

"흥, 널 대한 건 예외야."

차갑게 대답한 유나가 지호에게 시선을 돌렸다.

"고마워요. 감독님이 촬영 때 보여준 '리나 프라다'의 포스터를 제 방 책상 위에 붙여놨어요."

"아, 진짜요?"

그렇게까지 했다니 조금 의외였다.

지호는 이 순간, 현수의 얼굴이 떠올랐다.

'누군가는 자신과의 싸움에서 패하고 곤두박질쳐지기도 하는데.'

유나는 당당히 맞서서 이를 극복해 낸 것이다.

그녀를 다시 보게 된 지호는 스스로에게 자문해 보았다.

'과연 나는 흔들릴 만한 상황이 왔을 때 나 자신과의 싸움에서 이길 수 있을까? 자신을 사랑하고, 부족한 점을 개선해 나갈 용기가 있을까?'

이런 고민을 하고 있는 사이.

다음 순서인 용빈이 말을 이어 나갔다.

"전 일단 오늘 너무 좋습니다. 한강 쫑파티는 정말 신의 한 수였던 것 같네요. 조용하고 선선하고 술도 맛있고! 한 가지 아쉬운 점이 있다면 우리 감독님과 스태프 세 분이 미성년자라 술을 못 하신다는 부분 정도?"

결혼식이나 품평회에서나 볼 법한 말투와 내용이었다.

분위기가 어색해지자 용빈은 머쓱하게 웃으며 마무리했다.

"뭐, 재미도 없고 감동도 없었네요. 제 말은, 그냥 마냥 좋다는 겁니다. 이상 끝내겠습니다!"

다음 지혜의 차례였다.

"불가능을 가능으로 만드는 우리 팀을 보며 저 역시 많은 걸 느꼈어요. 짧아서 아쉽지만 너무 좋은 시간이었고요."

"이하동문."

기철이 짧게 덧붙였다.

웅지, 마리, 해조도 한마디씩 했다.

"형, 누나들이 잘 챙겨주셔서 너무 좋았습니다."

"진짜. 특히 지혜 언니랑 친해져서 너무너무너무 좋아요!"

"즐거웠어요."

마침내 어색한 표정으로 앉아 있던 지원의 차례가 왔다. 그녀는 중간에 하차하는 바람에 끝까지 함께하지 못했으나 그래도 '우정 출연'으로 엔딩크레딧에 이름도 올라갔다. 영화제 초대권도 받고, 팀원들과 관람도 함께했던 것이다.

"하하, 저는 뭐 그냥… 엄청 아쉽기도 하고, 개인 사정 때문에 중간에 그만두게 돼서 죄송했어요. 그나마 저보다 훨씬 잘 어울리는 유나 언니가 배역을 맡게 됐고, 연기까지 완벽하게 소화해 주신 덕분에 마음의 짐을 좀 덜 수 있었죠. 관객으로서 정말 재밌게 봤어요."

팀원들은 저마다 개의치 말라며 지원을 반겨주었다.

그리고 다시 지호에게 차례가 돌아왔다.

그는 팀원들을 죽 둘러보며 말했다.

"혼자 시나리오를 쓸 땐 몰랐던 사실을 느꼈어요. 영화란 협동성 때문에 다른 예술과는 확연히 다른 것 같아요. 예술이면서도 스포츠에 가깝다는 생각을 했어요. 모두가 힘을 합쳐야만 신의 기백을 구성하고 생명을 불어넣을 수 있다는 게 짜릿했죠. 그리고 한 번 손발을 맞춰본 우리는 너무 멀리 떨어져 있지 않는 이상, 언제 어느 때든 다시 뭉쳐서 영화를 만들 수 있을 거예요."

자리의 모두가 짧은 전율을 느꼈다.

가슴이 벅차올랐을 것이다.

'팀'은 하나가 되어 미소 짓고 있었다.

한편, 현수는 쉼 없이 움직이는 물결을 가까이서 바라보며 넋을 놓고 있었다. 엉덩이 옆에는 구겨진 맥주 캔이 일곱 캔이나 굴러다니고 있었고, 급기야 손에는 소주가 한 병 들려 있었다.

"아, 취하고 싶은데 왜 이렇게 안 취하냐."

그는 손으로 코를 훔치며 중얼거렸다. 여름이 코앞인데도 불구하고 강바람을 장시간 쐬다 보니 콧물이 자꾸만 흘러내렸다.

그때 귓가로 '건배!'라고 외치는 희미한 음성이 들려왔다. 문제는 아주 익숙한 목소리란 것이었다.

"하다하다, 이젠 환청까지 들리나보네."

현수는 땅을 짚고 일어나 강가를 벗어났다. 자전거도로와 차도를 사이에 두고, 잔디밭에서 파티를 벌이고 있는 〈완벽한 인생〉팀원들이 눈에 들어왔다.

'…신지호?'

눈을 비벼봤지만 틀림없는 지호였다. 현수는 어디서 그런 용기가 샘솟았는지, 그에게 성큼성큼 다가갔다.

이어서 크게 불렀다.

"지호야!"

팀원들의 시선이 현수를 향했다.

지호와 일 미터 정도 떨어진 곳에서 걸음을 멈춘 현수는 불쑥 무릎을 꿇으며 말했다.

"진짜, 미안하다. 내가 진짜 나쁜 새끼였어."

술에 취해 어눌한 말투.

붉게 충혈된 두 눈.

술 냄새가 확 풍겨온다.

"내가 잘못했다. 이젠 더 이상 내가 너한테 변명할 말이 없어."

"술 많이 취한 것 같은데 그냥 가세요."

지호가 말했지만 현수는 고개를 저었다.

"내가 이렇게 사과하잖아, 왜 너도 날 무시하는 건데! 다른 사람들이 다 날 죽일 놈으로 몰아가는데, 너는 그래도 알잖아? 내가 그렇게 죽을죄를 진 거냐? 시나리오도 아니고 시놉시스랑 트리트먼트 딱 두 개다! 아, 아니다… 아니지. 사람들이 뭐라든 상관없으니까, 너라도 날 좀 용서해주라. 나 너랑 다시 관계를 회복하고 싶어."

말없이 빤히 바라보던 지호가 팀원들에게 먼저 양해를 구했다.

"저, 잠깐 얘기 좀 하고 올게요."

다들 고개를 끄덕이자 지호는 현수 바로 앞에 서서 말했다.

"일어나요."

"…지호야."

"일어나요. 말 안 들으면 억지로 끌고 갑니다."

"아니, 네가 용서해 주기 전까진 못 일어나."

지호는 대꾸도 하지 않고 현수를 질질 끌고 가서 패대기쳤다. 볼품없이 넘어진 그를 보며, 지호가 경고했다.

"후, 더는 이런 일로 제 눈앞에 띄지 마요. 저한테 용서를 빌 필요도 없으니까. 처음 작품 제목까지 그대로 갖다 썼다고 들었을 땐 화도 좀 났지만, 그 후로는 신경조차 쓰지 않았어요. 전 그쪽이랑 다시 엮이고 싶지 않으니까 본인 앞가림이나 잘하세요. 그럼."

그는 몸을 돌려 팀원들 있는 곳으로 돌아갔다.

반면 현수는 풀밭 위 그 자리에 죽은 듯 누워 있었다.

　　　　*　　　　　*　　　　　*

　일련의 사건이 벌어지는 동안에도 수정은 차에서 내리지 못했다. 알게 모르게 시달리고 있는 대인 기피증 때문은 아니었다. 단지 마음껏 웃고 떠드는 〈완벽한 인생〉팀원들을 보며 미묘한 기분이 들었던 것이다.

　'너무 예쁘잖아. 즐거운 웃음도, 꿈을 향한 도전도.'

　수정에게 영화란 그런 의미가 아니었다. 유일하고 치열한 생존 수단이었다. 언제부턴가 그랬다. 아니, 처음부터 그랬는지도 모른다.

　"어렸을 땐 어떤 마음이었을지⋯ 기억도 나질 않네."

　씁쓸하게 중얼거린 그녀는 차 시동을 걸었다.

　'나는 저들과 사는 세계가 달라.'

　수정이 사는 세상은 아비규환이었다. 각자의 욕심을 채우고자 기를 쓰는 사람들 속에서 지내는 게 일상이었다. 오죽하면 그녀마저 환심을 사려는 목적을 갖고 이곳에 찾아왔다. 하지만 〈완벽한 인생〉팀의 모습을 본 순간, 저들의 순수한 웃음을 가식으로 흠집 내고 싶지 않다는 생각이 든 것이다.

　'쳇. 결국은 공정하게 투표한 셈이네.'

　분명 원하는 바를 이루지 못했는데, 여기까지 온 게 헛걸음이 됐는데.

이상하게 기분은 썩 나쁘지 않았다.

"영화제 반응이 얼마나 좋았는지 몰라요. 당신도 함께 봤으면 정말 좋았을 텐데. 상영 시간 십오 분 만에 관객들 절반을 울렸다니까요?"

이지은의 감탄을 들은 서재현이 희미한 미소를 띠며 말했다.

"허, 관객 반응이 그렇게나 좋았단 말이야? 천재적인 재능이 있다는 건 알고 있었지만, 벌써 그 정도로 두각을 나타낼 줄은 몰랐는데… 사실 미장센 영화제 예심을 통과한 것만 해도 대단한 일이거든."

"제가 볼 땐 수상도 충분히 가능하겠어요."

"흐음."

남들이 보면 기적과도 같은 일을, 지호는 추진력과 노력만으로 척척 해내고 있다. 이런 상식 밖의 천재성은 때때로 주변 사람들의 질시를 받기도 한다.

이를테면 현수가 그런 케이스였다.

'자신이 절대 따라잡을 수 없는 무언가를 보고 좌절했겠지. 작품에 대한 욕심이 잘못된 길로 표출된 게야.'

지호 같은 천재의 작품을 봤을 때 누구나 빠질 수 있는 유혹이었다. 좌절하고 나약해진 틈을 타 악마의 속삭임이 들려오는 것이다. 그러나 모두가 현수와 같은 선택을 하진 않는다.

서재현은 심각한 고민에 잠긴 채 이지은에게 말했다.

"사실, 현수가 지호의 작품을 중간에서 가로채려 했었어. 작품을 가로챘다고 해서 재능마저 빼앗아 올 수는 없는 건데, 어리석은 선택을 한 게지."

뜻밖의 사실을 접한 이지은이 화들짝 놀랐다.

"그게 정말이에요?"

"음. 사실이야."

"휴."

한숨을 쉬며 고개를 저은 이지은이 물었다.

"안 그래도 공모전에서 현수 학생을 만났어요. 왜 저한테 진작 말해주지 않았던 거예요?"

"일부러 숨기려 한 건 아니야. 두 사람이 만날 줄도 몰랐고."

짧게 해명한 서재현이 물었다.

"그 녀석이 뭐라던가?"

"아무런 티 안 내죠, 뭐."

머뭇거리던 이지은이 말을 이었다.

"…왜 그렇게까지 신경을 쓰시는 거예요? 아무리 당신 제자라 해도, 우리 지호 것을 훔치려한 장본인이잖아요."

"글쎄."

잠시 생각하던 서재현이 대답했다.

"외로운 사람일수록 친구가 필요한 법이지. 어쨌든 난 스승이고, 제자가 엇나가는 꼴을 보고 있을 순 없어. 난 녀석이 너무 멀리 이탈해 버리기 전에 스스로 깨닫고 돌아오길 바랄 뿐이야."

Chapter 3
소년에서 청년으로

영화제 시상식에는 명예 심사 위원으로 활약한 배우 오수정, 조여령, 정호수, 김익태가 직접 참가해 수상작을 시상하게 됐다.

수정과 호수를 본 지호는 깜짝 놀랐다.

'어? 저 사람들은······.'

옆에 앉아 있던 수열이 뒤늦게 알아보고 물었다.

"우와! 그때 우리 집 왔던 형, 누나들 맞지? 연예인인 줄은 알았는데 여기서 보니까 신기하다."

"그러게."

지호는 수열을 보자, 다시 웃음이 나왔다. 수열의 몰골은 가관이었다. 2 대 8 가르마에 나비넥타이까지. 학예회나 연말 시상식에 가면 접할 만한 패션이었다.

"아, 형아! 웃지 마아!"

아래를 내려다본 수열은 얼굴을 화악 붉혔다.

'역시 너무 과했어. 엄마 말대로 할 걸.'

이지은은 그런 분위기가 아닐 거라며 말렸다. 하지만 딱 한 번 말리고 말았다. 수열은 옆에 앉아 있는 이지은에게 원망스러운 눈초리를 보냈다.

"좀 더 말려주지 그러셨어요."

이지은은 빙그레 웃으며 대답했다.

"어디 네가 말한다고 들을 애니? 한번 겪어봐야 다신 이런 일로 고집 안 피우지. 너 고집 센 건 아버지를 아주 쏙 빼닮았다."

세 사람이 대화를 나누는 동안 행사 준비가 끝났다.

그리고 곧 시상식이 시작됐다.

아무래도 경쟁 부문 시상식이기 때문에 팽팽한 긴장감이 감돌았다. 영화제의 심사 위원, 명예 심사 위원들을 제외하면 누구도 수상 결과를 예측할 수 없는 것이다.

비정성시 부문 차례가 오자 해당 명예 심사 위원인 수정이 진지한 얼굴에 미소를 띤 채 수상작을 발표했다.

"비정성시 최우수 작품을 발표하도록 하겠습니다. 본 작품은 현 사회의 과도한 스펙 쌓기 실태를 꼬집었습니다. 일각에서는 전 세대에 대한 미화가 아니냐는 비평도 있었지만, 완벽에 가까운 미쟝센(Mise—en—scene: 연기, 분장, 무대장치, 의상, 조명 등 카메라 앞에 놓이는 모든 요소들)과 내용의 상징성이 호평을 받았습니다. 미쟝센 영화제 역대 최연소자! 바로 신지호 감독의 〈완벽한 인생〉입니다. 축하드립니다."

커다란 박수 소리가 실내에 울려 퍼졌다.

대부분이 영화제 관계자들이나 후보자들, 후보자의 가족 또는 지인들이었지만, 모두 합치면 꽤 많은 사람들이 객석을 채우고 있었다. 지호는 그들 모두의 축하를 받으며 단상 위로 올라갔다.

수정이 트로피를 건네며 작게 속삭였다.

"안녕! 나 기억하지?"

"당연하죠. 작년에 뵀는데요."

"어머, 목소리 섹시한 것 봐! 작년에는 변성기더니, 벌써 어른 다 됐네? 작년보다 키도 훨씬 많이 컸고."

지호는 중학교 3학년 때부터 지금까지 무려 8센티가 자랐다. 작년에는 힐을 신은 수정과 비슷하거나 조금 작았다면, 지금은 머리 하나는 더 큰 것이다.

작년을 떠올린 지호가 살짝 웃었다.

"그러게요. 이젠 제가 키도 크네요."

"참, 네가 준 사진은 인화해서 집에 액자로 걸어놨어. 고마워."

대화는 거기까지였다.

수정이 개구지게 웃으며 마이크에 대고 불렀다.

"그럼 수상 소감을 들어보도록 하겠습니다. 신지호 감독님?"

지호는 그녀를 밀어내고 마이크 앞에 섰다.

"후, 떨리네요."

실제로 목소리도 가늘게 떨려 나왔다.

"제게 〈완벽한 인생〉은 첫 영화란 것만으로도 큰 의미가 있습니다."

파노라마처럼 지난 일들이 떠올랐다. 아무것도 모르는 상태로 흥에 취해 시놉시스와 트리트먼트를 썼던 순간부터 모든 게 시작됐다. 현수에게 작품을 뺏길 뻔하고, 여러 우여곡절 끝에 좋은 사람들을 만나 영화를 만들었다. 그리고 지금은 미쟝센 영화제 최우수작품상을 받은 채로 이곳 단상 위에 서 있다.

꿈만 같은 일이기에 심장이 요동쳤다.

"아까 앉아서, 만약에 수상을 하게 되면 뭐라고 할까 혼자 상상도 해보고 연습도 해봤는데 아무 말도 떠오르지 않네요. 음, 우선 이 자리를 빌어서 부족한 저를 잡아준 〈완벽한 인생〉팀원들에게 감사하다는 말을 전하고 싶습니다. 영화를 함께 만들 수 있어서 영광이었습니다."

객석에 앉아 있던 〈완벽한 인생〉 스태프들과 배우들이 환호했다. 그들과 눈인사를 나눈 지호는 이지은과 수열을 보며 말을 마쳤다.

"제 가족이 되어주신 삼촌, 숙모, 그리고 수열이. 감사합니다."

이를 끝으로 지호는 수정과 가볍게 포옹을 하고 단상을 내려왔다. 굳이 수상 소감에 언급하진 않았지만, 그는 속으로 두 사람을 더 떠올렸다.

'엄마, 아빠. 보고 계시죠?'

왈칵 눈물이 쏟아질 것만 같았다.

자리에 돌아와 앉은 지호는 고개를 푹 숙였다.

지금 이 순간에도 너무나 간절한 단 한 가지.

엄마, 아빠…….

'보고 싶어요.'

*　　　　　*　　　　　*

미장센 영화제 시상식 다음 날.

한국예술대학교 연출과 학과장 양동휴 교수는 아주 오랜만에 파주 헤이리 마을을 찾았다. 대학 시절부터 같은 영화판에서 선후배로 인연을 이어온 서재현을 만나기 위해서였다.

　집 앞에 도착해 벨을 누르자, 서재현이 문을 열고 나왔다. 그를 본 양동휴는 미소 띤 얼굴로 고개를 꾸벅 숙였다.

　"그간 격조했습니다, 선배님."

　서재현은 두 눈을 동그랗게 떴다.

　"아니, 이게 누구야? 양 감독 아닌가!"

　"하하! 이제는 교수지요. 손에서 메가폰을 놓은 지 오래입니니다."

　"음, 한국예술대학교에 있다는 소린 진즉 전해 들었네. 자, 서 있지 말고 일단 안으로 들어오지."

　"예, 선배님."

　서재현은 양동휴를 서재로 안내했다.

　"식사는 했나?"

　"그럼요. 이제 저녁이 다 되어 가는데요. 그나저나 혼자 계셨던 겁니까? 형수님이 안 보이시네요."

　"집사람은 잠시 외출했네."

　"아! 그렇군요. 오랜만에 뵙고 정식으로 인사드리려 했는데 아쉽네요. 형수님은 여전히 건강하시죠?"

　"그럼. 운동도 꾸준히 하고, 나보다야 훨씬 건강하지."

빙긋 웃은 서재현이 서재 소파에 앉아 자리를 권했다.

"거기 앉게. 커피는 다방 커피로. 괜찮나?"

"선배님이 주시는 거면 뭐든 좋습니다."

자리에서 일어난 서재현이 믹스 커피를 제조해 왔다.

커피 잔을 건네받은 양동휴가 입을 열었다.

"감사합니다. 선배님 밑에서 조연출로 있던 때가 엊그제 같은데… 벌써 시간이 이렇게나 흘렀습니다. 그땐 선배님께 커피 대접받는 날이 올 줄은 꿈에도 생각 못했어요."

"내가 자네를 유난히 좀 굴리긴 했었지."

"그만큼 아껴주셨고요."

덧붙인 양동휴가 말을 이었다.

"그동안 얼굴 한 번 제대로 비춘 적 없어놓고 뻔뻔하지만, 실은 여쭤보고 싶은 게 있어서 찾아왔습니다."

"밖에서 만나도 될 것을, 무슨 일이기에 집까지 찾아왔나?"

"…지호 일로 왔습니다."

"음?"

서재현은 고개를 갸웃했다.

"나와 지호의 관계에 대해 알고 있었던 겐가?"

"아닙니다. 영화제에서 알게 됐습니다. 마침 영화제에 형수님이 오셨더라고요. 학교 동료들과 있어서 미처 인사는 못 드렸습니다만……."

"그랬군."

고개를 끄덕인 서재현이 슬그머니 웃으며 되물었다.

"안 그래도 대충 얘긴 들었네. 지호가 자네 학교에 무작정 찾아가서 팀원을 모집했었다고? 혹시 도움을 준 교수가 자네였나?"

"예. 맞습니다. 요즘에도 그런 친구가 있는 줄은 몰랐습니다. 추진력만 해도 놀라운데, 미쟝센에서 관객들을 울리고 입상할 수준의 재능까지 겸비했다니… 지호는 장차 기존 한국 영화계의 영역을 넓힐 재목입니다."

비로소 본론을 꺼낸 양동휴가 말을 이어나갔다.

"…저희 학교에서 가르쳐 보고 싶습니다. 선배님께서 모교(母校)로 출강하신다는 소식은 듣고도 이런 부탁을 드리는 건 결례일까요?"

"흠."

서재현은 그를 직시하며 속으로 생각했다.

'누가 누구를 가르친단 말인가? 지호의 재능에 대해 윤곽도 못 잡고 있군. 빙산의 일각만 보고도 몸이 잔뜩 달아오른 게야. 그러니 예까지 찾아왔지.'

그간 소원했던 부분에 대해 따져 묻고 싶은 생각은 없었다. 다만 그들이 지호에게 어떤 환경을 조성해 줄 수 있을지는 따져봐야 했다.

"…모든 선택은 지호가 스스로 내릴 걸세. 나는 그저 조언자에 불과해. 자네도 지호를 보다 보면 알게 되겠지만, 누군가가 가르칠 단계는 넘어섰네. 내가 궁금한 건 한국예대에서 뭘 해줄 수 있느냐, 이거야."

서재현의 말을 들은 양동휴는 등줄기에 소름이 돋았다. 영화판에 처음 발을 들이밀었던 시절 몇 년 동안 서재현과 작업해 봤지만 칭찬 한마디 들어본 기억이 없었다. 서재현은 그만큼 칭찬에 인색했다. 이런 점이 나이를 먹는다고 돌변할 것 같진 않았다.

'내가 모르는 부분이 더 있다. 대체 얼마나 큰 가능성을 숨기고 있는 거지?'

일찍부터 사람에 대한 호기심이 깊고 도움주길 즐겼던 성격이 아니었다면 그 좋아하던 영화를 포기하고 대학교수를 천직으로 삼지는 못했을 것이다. 박사과정을 밟고 교수 직함을 달기란 영화 촬영을 병행할 만큼 녹록치 않기 때문이다. 잠시 자신이 걸어온 길을 되돌아보던 양동휴가 조심스럽게 물었다.

"…선배님. 지호의 앞날에 대해 미리 생각해 두신 부분이 있습니까?"

"난 자네에게 물었네."

짤막하게 대답한 서재현이 안경 너머로 빤히 응시하며 잠자코 기다렸다.

양동휴는 부담감을 떨치며 말문을 열었다.

"일단 아이의 수준을 봐야 하지 않을까요? 비록 미쟝센 영화제에서 지호가 만든 단편을 봤다지만 그 정도로는 판단하기 애매하니까요."

"신중하게 대답해 줘서 고맙군. 유능한 학생들로 하여금 학교 이름값만 높이려고 헛소리를 늘어놓는 자들이 하도 많아서 말이야."

서재현이 생각하는 현실은 그랬다. 공모전이나 대회에서 입상을 하면 특혜니 뭐니 떡밥을 뿌려댄 뒤, 막상 학교에 입학하고 나면 손을 떼는 것이다.

물론 대학생이면 엄연한 성인이고, 학교 제도 안에서 본인이 얼마나 하는가에 따라 미래가 달라진다고도 할 수 있다. 그러나 서재현이 생각하는 교육이란 제자 하나하나가 최대치의 능력을 끌어올릴 수 있도록 힘에 부치면 밀어주고 무거우면 맞들어주는 일이었다.

같은 맥락으로 지호의 비범한 재능을 이용하지 않고 안배해 주려면 스승 역시 뛰어난 역량과 올바른 마음가짐이 필요하다고 판단한 것이다.

"자 그럼, 필요한 걸 말해보게. 내가 도울 수 있는 거라면 얼마든 돕지. 굳이 날 찾아온 것도 지호의 수준을 확인해 보고 싶어서가 아닌가?"

양동휴는 부정하지 않고 대답했다.

"선배님. 〈완벽한 인생〉이라는 좋은 작품을 만들기까지 어떤 일이 있었는지 지호와 함께 작업한 학생들에게 들었습니다. 평소 성실하고 진실한 녀석들의 말인데도 믿기 힘들더군요. 현장에선 노련한 카메라감독처럼 실수 없이 구도를 꿰뚫고, 미쟝센 영화제에서 최우수로 선정될 정도의 참신한 시나리오를 직접 써낸 것도 모자라 완벽에 가까운 미쟝센을 구현해 내고, 열 시간이 넘는 분량의 필름을 단 몇 시간 만에 십오 분 남짓으로 편집했다고 합니다. 남들은 지도도 없이 길을 찾는데 혼자 내비게이션을 달고 있는 것처럼 말이죠."

편집에 관한 내용은 서재현도 믿기 힘든 부분이었다. 그러나 나머지는 모두 사실 그대로다.

"모든 말이 과장된 건 아닐 게야. 자네에게 보여줄 것이 있네."

그는 책상서랍에서 두툼한 시나리오를 꺼내 와서는 책상 위에 턱하니 올려뒀다.

"…아무한테나 보여주는 건 아닌데, 한번 읽어보게."

고개를 갸우뚱한 양동휴가 시나리오를 한 장, 한 장 넘겼다. 의식이 쭉 빨려 시간 개념을 잃었다.

째깍, 째깍.

시간이 흐르고, 장장 두 시간이 지날 때쯤 마지막 장을 넘긴 양동휴가 고개를 들었다. 그의 눈빛에는 설마 하는 짙은 의문이 맺혀 있었다.

"어린아이의 순수성과 발칙한 상상력, 그에 반해 내용의 완벽한 짜임새와 대사… 이 장편 시나리오. 설마, 지호가 쓴 겁니까?"

경악한 목소리.

서재현은 이런 반응을 예상하고 있었다. 자신도 시나리오를 읽어본 순간 그랬었으니까.

신명일, 김희수 부부의 장례식이 끝난 뒤 한참이 지나서야 들춰보고 경악했다. 마지막 장 하단에 지호 작품임을 명시하는 신명일의 문장이 적혀 있었기 때문이다.

물론 양동휴의 손에 들린 시나리오는 원본 곳곳이 훼손돼 옮겨 적은 사본이었지만, 내용만은 하나도 각색되지 않은 원 상태 그대로였다.

마음이 조급해진 양동휴가 다시 물었다.

"선배님, 어서 말씀해 주십시오. 이게 정말 지호가 쓴 작품이 맞습니까?"

무언가 고심하는 표정으로 대답을 미루던 서재현이 마침내 고개를 끄덕였다.

"맞아. 지호가 열 살 때 쓴 작품이네."

　대답을 들은 양동휴는 본인이 물어봐 놓고도 크게 놀라 눈을 치켜떴다.

　"어떻게 이럴 수가……."

　"지호는 자신이 이 작품을 썼다는 사실을 기억하지 못하네. 아마도 사고 당시 충격 때문인 것 같아."

　서재현의 말대로 지호는 사고 전 기억이 흐릿한 상태였다. 여기서 한 가지 의문점이 생긴 양동휴가 물었다.

　"선배님, 어째서 이 사실을 숨기시는 겁니까?"

　"이 작품을 신명일 작가의 유작으로 알고 노리는 자들이 아주 많네. 최적의 여건이 갖춰지고 준비가 됐을 때, 지호에게 작품을 다시 돌려줄 생각이야."

　양동휴가 고개를 끄덕였다.

　"하긴. 작품이 지호 손에 있으면 노출되는 건 시간문제겠죠. 그렇게 되면 작품을 노리는 사람들이 지호에게 끊임없이 접근해 올 테고요."

　"그래. 난 그런 상황을 만들고 싶지 않은 걸세."

　대답한 서재현이 양동휴를 빤히 응시하며 덧붙였다.

　"이 작품은 온전히 지호의 것이야. 내가 그 누구의 손도 타지 않도록 만들어줄 거네."

"이에 관해 업계에서 말이 많다고 하던데… 그럼에도 불구하고 소문에 굴하지 않으시는 이유가 있었군요."

수긍한 양동휴가 말을 이었다.

"선배님이 보여주신 시나리오를 읽고 나서야 지호와 함께 작업했던 학생들의 말이 거짓이 아니라는 것을 확신했습니다. 지금 지호는 스스로 자신만의 스타일을 연구하고, 자신에게 최적화된 장르를 찾아내고, 손발이 잘 맞는 사람들을 만들어 나가야 할 때라는 생각이 들더군요."

지호의 작품을 읽어본 그는 명확하게 방향을 제시했다.

서재현 역시 흡족한 표정으로 이에 동의했다.

"맞는 말이야. 내 생각과 일치하는구먼."

양동휴가 그 틈을 놓치지 않고 말했다.

"예, 선배님. 지호가 성장함에 있어 한국예술대학교가 좋은 울타리가 되어줄 겁니다."

"내가 결정할 수 있는 부분은 아닌 것 같으니, 지호랑 얘기를 해보겠네. 앞으로 2년도 넘게 남은 일이잖나."

그렇게 대답한 서재현은 그 후로도 잠시 동안 더 담화를 나눈 뒤 양동휴를 돌려보냈다. 그는 저녁이 되자 지호에게 전화를 걸어 오늘 있었던 일에 대해 간략하게 전달하며 덧붙였다.

"…미장센 영화제에서 최연소 수상자가 됐으니 지금부터 여러 대학에서 러브콜이 올 게다. 많은 곳에서 제안을 받으면 기분이 붕 뜨고 머릿속에 복잡해져서 학업에 악영향을 받을 수도 있어. 그러니 굳이 일단 만나보자는 모든 제의에 응하지 않아도 된다."

그에 지호는 야무지게 대답했다.

─아뇨, 삼촌. 모두 만나보고 신중한 결정을 내리고 싶어요. 저만의 기준을 갖고 있다면 중심을 잃을 일은 없다고 생각해요.

걱정과는 달리 똑소리 나는 답변을 들은 서재현의 입가에 흐뭇한 미소가 걸렸다.

"그래. 삼촌은 네가 어련히 잘해내리라 믿는다."

*   *   *

"네, 삼촌. 항상 신경 써 주셔서 감사해요!"

전화를 끊은 지호는 곰곰이 생각에 잠겼다.

그림을 그리던 성진이 고개를 돌리며 물었다.

"오뎅의 '생각하는 사람'도 아니고, 뭐하는 거야?"

지호는 기숙사 방 침대에 앉아 턱을 괴고 있었던 것이다. 피식 웃은 그가 말했다.

"오뎅이 아니라 로댕이겠지. 왜? 차라리 어묵이라고 하지 그래?"

"크흠! 이래봬도 내가 그림 그린다. 유명한 화가를 모를 리가 있겠어?"

"로댕은 조각가이기도 하지."

"웬 조각? 화가다!"

"내기할래?"

그때서야 성진이 슬그머니 꼬리를 내렸다.

"…으음. 내기할 기분은 아니야."

그는 시무룩해 보였다. 안 그래도 게이밍 노트북이 고장 나는 바람에 며칠 째 게임을 못하고 있었던 것이다. 대신 금단 증상을 극복하기 위해 쉴 새 없이 그림을 그렸다.

'결과적으로 잘된 일이지.'

성진을 보며 잡생각을 하던 지호는 불쑥 피곤함이 몰려왔다.

서재현이 말한 대로 여러 대학교에서 러브콜이 올 터였다. 벌써 학교 정문에 크게 팸플릿이 걸렸고, 교무실에는 취재진들로부터 걸려온 문의 전화가 빗발치고 있었다. 뿐만 아니라 지호를 보는 아이들마다 수군댔다. 자신은 결과적으로 피곤해진 것이다.

'당분간은 여러모로 시달리게 생겼네.'

여파가 그리 길진 않겠지만, 앞으로 한 달, 두 달은 꼼짝없이 감수해야 할 것 같았다.

"에라, 모르겠다."

지호는 침대에 벌러덩 누워 잠을 청했다.

면학 분위기는 산만했다. 기말고사를 일주일 앞둔 시기라서가 아니었다. 시험이 끝나면 얼마 지나지 않아 여름방학이기 때문이다. 오늘도 여느 때처럼 수업을 마친 지호는 축구를 하려고 텅텅 빈 교실에서 옷을 갈아입고 있었다.

그때, 스피커에서 방송이 흘러나왔다.

─잠시 안내 말씀드리겠습니다. 1학년 3반 신지호 학생은 교무실로 와주세요.

"헐."

웅지가 옆에서 반바지를 반쯤 걸친 채 말했다.

"큰일 났네. 지금 애들 다 나가 있는데!"

"에이, 하필이면 지금 부르냐."

지호는 교복을 벗다 말고 다시 단추를 채웠다.

웅지가 완전히 울상이 된 채 고개를 저었다.

"휴, 우리 반 에이스가 필요하단 말이다! 4강까지 왔는데 이대로 8반한테 지는 건가?"

엄살 피우는 웅지를 본 지호가 피식 웃었다.

"왜 부르는 진 모르겠지만 빨리 일 보고 갈게!"

그는 웅지의 어깨를 툭 치곤 교무실로 올라갔다.

상담실 안에 담임인 배기영과 멀끔한 남자가 지호를 기다리고 있었다.

'누구지?'

지호는 상담실 문을 노크하고 들어갔다.

"안녕하세요, 선생님."

"오! 지호. 이쪽으로 와서 앉아라."

배기영은 웬일로 만면에 미소를 짓고 있었다. 근육질의 우람한 그가 부드러운 인상을 지으려 애쓰자 우스꽝스러운 표정이 나왔다.

"이분은 중영대학교 연출과 학과장이신 강찬수 교수님이시다."

"아, 네. 안녕하세요."

"반갑다."

강찬수가 악수를 청하며 말을 이었다.

"미쟝센 영화제에서 상영된 네 작품은 인상 깊게 봤다. 최우수작품상 축하한다."

"감사합니다."

지호가 얼떨결에 손을 맞잡고 물었다.

"그런데 학교엔 무슨 일로……?"

"네게 좋은 기회를 주기 위해 이렇게 찾아왔다."

강찬수는 자리에 앉으며 본론을 꺼냈다.

"우리 학교에 대해서는 이미 잘 알고 있을 테니까 각설하고, 단도직입적으로 말하면 널 스카우트하고 싶다. 내가 직접 한 번 가르쳐 보고 싶다는 뜻이야."

옆에서 고개를 끄덕인 배기영이 덧붙였다.

"강 교수님은 감독 시절에도 여러 편의 영화를 흥행시킨 분 이시다. 네가 들어봤을 만한 제목들도 더러 있지."

물론 그럴 것이다. 아무한테나 중영대학교 연출과 학과장 자리를 내주진 않으니까.

반면 지금 감독이 아닌 교수로 있다는 것은, 현재 일선에서 물러난 상태라는 의미기도 했다.

"좋게 봐주셔서 감사합니다."

이런 제안을 어느 정도 예상하고 있던 지호는 침착하게 대답했다.

"이런 순간이 왔을 때 부탁드리고 싶은 부분에 대해 생각해 봤어요."

"부탁?"

강찬수는 눈살을 찌푸렸다.

'감사하게 생각하고 받아들이진 못할망정, 뭘 요구할지나 생각하고 있었다니… 싹수가 노란 놈이야.'

그러나 지호는 개의치 않고 고개를 끄덕였다.

"네. 작품을 함께 만들어낸 친구들도 특례 입학이 가능할까요?"

"어허, 그건 말도 안 되는 소리다."

강찬수가 단칼에 잘랐다.

"매년 특례 입학 정원이 정해져 있어. 내가 베풀 수 있는 최대 조건은 네가 시험 점수와 관계없이 우리 학교에 입학할 수 있게 해주는 것이다."

순간 배기영은 웃을 뻔했다.

'이 양반, 대체 무슨 소릴 하는 거야? 지호 성적으로 어디든 못갈까.'

지호 역시 제안에 별 메리트를 못 느꼈다. 그는 정중하게 말했다.

"말씀은 감사하지만 조금 더 생각해 보겠습니다."

"흐음."

강찬수는 마음에 들지 않는다는 얼굴로 지호를 빤히 응시하더니 지갑에서 명함을 꺼내 내밀었다.

"결정 내리면 전화해라."

"알겠습니다. 감사해요."

지호는 고개를 꾸벅 숙였지만 내심 전화할 생각이 없었다. 강찬수의 제안 자체도 형편없을뿐더러, 고압적인 태도마저

마음에 안 들었던 것이다.

'중영대면 태일이 형과 김현수가 있는 곳이다. 연출과에서 대한민국 최고로 치는 학교라지만, 여긴 아니야.'

강찬수가 돌아가자 지호는 운동장에 나가 축구를 했다.

그런데 다음 날도, 그 다음 날도 또 비슷한 상황이 발생했다. 며칠이 지나고 이번에는 한국예술대학교 학과장 양동휴가 두림예고에 찾아왔다.

"어? 교수님!"

지호 만면에 화색이 돌았다.

"우와, 거의 두 달 만에 뵙네요! 잘 지내셨죠?"

"음. 벌써 그렇게 됐나요? 영화는 잘 봤어요."

양동휴는 특유의 편안한 미소를 그리며 말했다.

"늦었지만 수상 축하해요."

"감사합니다! 다 교수님 덕분이죠."

지호는 양동휴의 도움을 받았던 순간들을 떠올리며 대답했다.

"만약 팀원들을 모집할 수 있도록 자리를 마련해 주시지 않았더라면, 불가능했을 거예요."

배기영은 두 사람 사이에 무슨 일들이 있었는지 궁금했지만 잠자코 있었다. 그에게 시선을 보내며 양동휴가 물었다.

"여기 담임선생님 말씀을 들어보니 여러 대학교에서 벌써

왔다갔다던데. 그때마다 동반 입학을 제안했다고요?"

"네. 저 혼자 완성한 작품이 아니니까요."

"음."

고개를 끄덕인 양동휴가 잠시 후 말을 이었다.

"내신 성적 커트라인 안쪽이라는 전제 하에, 〈완벽한 연출〉에 참여했던 스태프 전원을 받아주겠습니다. 이건 지호 학생도 포함입니다. 여기까지가 학과장 직권의 한계에요."

드디어 기다리던 대답을 들었다. 그것도 연출로는 중영대학교와 쌍벽을 이루는 한국예술대학교에서 받아들여준 것이다.

'예스!'

지호는 자신을 스카우트하러 온 교수들을 연일 만나며, 내심 양동휴를 기다리고 있었다. 서재현과 양동휴 교수 간에 대화가 오갔던 일을 알고 있었기 때문이다.

지호는 밝은 얼굴로 깊이 고개를 숙였다.

"감사합니다. 교수님!"

몇 마디 덕담을 더 나누고 떠나는 양동휴를 보던 배기영이 지호에게 고개를 돌리며 물었다.

"양 교수님과는 어떻게 알게 된 사이니?"

지호는 구구절절 설명하기 귀찮았으나, 잠시 더 자리에 머무르며 배기영의 궁금증을 해결해 주어야만 했다.

       *   *   *

해조는 원체 공부를 잘했다.

반면 웅지, 마리는 머리띠를 졸라매고 공부 삼매경에 빠져야 했다. 지호가 만들어준 기회를 날려 버릴 순 없었기 때문이다.

물론 지호는 걱정이 없었다.

'정말 편리한 능력이야.'

번쩍!

눈앞에 새하얀 플래시가 터진다. 그러자 눈으로 본 책 내용이 기억을 넘어 머릿속에 선명한 사진처럼 각인됐다.

물론 이 비겁할 정도로 사기적인 '섬광 기억' 능력도 단점은 있었다. 바로 시전자를 게으르게 만든다는 것.

과학기술이 발전함에 따라 인간의 활동량이 줄어들 듯, 지호 역시 굳이 하기 싫은 암기 과목 공부를 열심히 하지 않게 된 것이다. '섬광 기억'만 잘 이용해도 얼마든 100점 근사치 점수를 받아낼 수 있었기 때문이다.

다만 가끔, 귀찮을 때가 있다.

지금도 그런 경우였다.

"내 곰곰이 생각해 봤다."

종례를 마친 배기영이 둘만 남은 교실에서 지호를 앉혀놓고 어렵사리 말문을 열었다.

"중간고사 때부터 너무 잘하는데 공통적으로 틀리는 유형의 문제들이 있더구나. 그것 때문에 한순간 널 의심했었다."

지호는 뜨끔해서 대답했다.

"아, 네에……."

그러나 배기영의 본론은 의심이 아니었다. 이번 기말고사 성적 역시 중간고사와 비슷하게 잘 나왔고, 오히려 그는 의심을 덜어낸 것이다.

"일부 어려운 문제들의 정답이 너무 정확해서 혼자 오픈 북 시험을 치른 것 같이 보였다. 영화 만드느라 바빴을 텐데 언제 공부까지 했지? 하는 의구심도 들었고. 그로인해 잠시 컨닝을 한 건 아닐까 생각했던 내 스스로가 부끄럽다."

배기영은 우직한 사람이었다. 아무리 그렇더라도, 선생님이 학생에게 굳이 한순간 품었던 마음을 고백할 필요가 있을까?

지호는 당황스러운 마음에 눈치를 살폈다.

'내가 수상해서 일부러 떠보시는 건가?'

그런 생각이 들었지만 이내 부정했다.

배기영의 사슴 같은 눈빛을 보았던 것이다. 그는 진심으로 반성하고 있었다.

'결과가 좋다고 해서 제자를 의심부터하다니, 난 선생으로서의 자격이 없다. 영화제를 준비하느라 바쁜 와중에도 공부

를 다 하고… 얼마나 고생을 했을까!'

얼굴에 그 생각이 고스란히 쓰여 있었다.

외려 지호가 고개를 푹 숙였다.

'죄책감이 드네.'

다른 아이들에 비해 편법으로 높은 점수를 받은 자신이 부끄러웠다.

두 사람은 서로 자책하며 동상이몽(同床異夢)의 시간을 보냈다.

길게 느껴지는 침묵 끝에 배기영이 다시 입을 열었다.

"지호 네가 교우 관계도 좋고 학업 태도도 좋아서 얼마나 기쁜지 모른다. 솔선수범하는 네 모습을 보고 반 아이들이 많이 따르고, 그 덕분에 우리 반 수업은 선생님들도 편하다고들 한다. 미안하고 고맙구나. 이만 가 봐도 된다."

순간 지호는 자신의 능력에 대해 말을 하고 싶은 욕구가 치밀어 올랐으나 차마 실행으로 옮기진 못했다. 예전 서재현에게 말을 했을 때도 믿지 못했던 데다, 지금 와서 평지풍파(平地風波)를 일으키고 싶진 않았기 때문이다.

"네… 안녕히 계세요."

마음먹고 인사한 지호는 자리에서 일어나 교실을 빠져나왔다. 그의 손에는 동그라미 표시가 가득한 예비 채점 시험지가 들려 있었다.

시간은 쏜살같이 흘렀다.

지호는 고등학교 3년 내내 학업에만 몰두했고, 이외의 시간에는 여러 편의 시나리오를 완성하며 지냈다. 그는 해조와 함께 한국예술대학교 수시모집에 응시해 합격했다.

웅지, 마리는 나름대로 노력을 했으나 비교적 커트라인이 낮은 경기권 대학에 입학하는 것이 한계였다.

그 외 지원은 연기학부로, 성진은 한국예술대학교 애니메이션학과에 입학하며 같은 학교를 다니게 됐다.

한편 수열은 중학교에 입학한 후 연기 학원을 다니며 예고 입시에 매진하고 있었다.

지호는 오랜만에 헤이리 집을 찾았다.

＊   ＊   ＊

서재현은 염색을 따로 하지 않아 머리가 눈 내린 듯 희었다. 그는 서재로 지호를 불러들여 암묵적으로 금기시되던 부모님에 대한 이야기를 꺼냈다.

"그동안 부모님에 대해 궁금한 게 많았을 텐데 아무것도 묻질 않더구나."

"…네."

조금 당황한 표정의 지호가 대답했다.

"어떤 대답이 돌아올지 두려웠으니까요."

서재현은 고개를 끄덕였다.

"그럴 수 있지. 그럴 수 있어."

잠시 침묵하던 그가 입을 열었다.

"두 사람을 이어준 건 나였다. 그 후에도 우린 공사 구분 없이 관계를 유지했었지. 네 아버지, 신 작가의 소설들을 하나씩 영화로 만들기 시작했어. 그 영화들에 네 어머니를 캐스팅했지. 우리에게는 꿈만 같은 시간들이었어."

지호는 예전 영화제작자 남길수에게 들은 이야기가 문득 떠올랐다. 두 사람의 이야기는 전반적으로 일치했지만 일부 왜곡된 부분도 있었다.

그 즈음 서재현의 눈빛이 아련하게 잠겼다.

"네가 태어나고 나서 네 부모님은 활동을 일시 중단하고 모든 시간을 육아에 투자했다. 전에도 바빴고, 앞으로도 바쁠 사람들이었기 때문에 쉬는 동안 너와 많은 기억들을 만들어 나가고 싶어 했지. 나는 계속 일을 했지만, 슬럼프까지 겹쳐 일할 맛이 나질 않았다. 엎친 데 덮친 격으로 현장에서 배우가 다치는 사고가 터져 버렸어. 그 배우 소속사로부터 고소를 당했지. 감독의 무리한 요구로 사단이 났다는 헛소문까지 돌았다."

"하, 그런 일이……."

지호는 차마 말을 잇지 못했다.

서재현은 잠시 숨을 다듬으며 마음을 진정시켰다. 눈시울이 붉어졌던 것이다.

"그때 네 아버지와 어머니, 두 사람이 기꺼이 나서서 도와줬었다. 고소를 취하시켰고 금세 소문을 잠재웠지. 하지만 이미 정신적인 충격을 받은 난 은퇴를 선언하고 이후에도 영화판으로 돌아가지 않았다. 그런데도 네 아버지와 어머니는 사고가 나던 그 날, 내게 다시 한 번 재기를 권하러 달려오고 있었던 게야. 그 복귀작은… 네가 그 당시 쓴 작품이었다."

쿵.

'여기까진 남길수라는 사람도 얘기했었다. 그런데 그 작품이 아버지가 쓰신 게 아니라, 내가 쓴 작품이었다고?'

지호는 놀란 표정을 감추지 못했다.

서재현이 서랍에서 시나리오를 꺼내 내밀었다.

"많은 투자사들에서 신명일 작가의 유작으로 알고 노렸던 네 작품이다. 지금까지 내가 보관하고 있었지. 하지만 이제는 주인을 찾아갈 때가 됐어."

지호가 작품을 건네받자 그가 말을 이었다.

"덧붙이자면, 그 작품은 이미 여러 투자사들 사이에서 소문이 돌았고, 값어치가 오를 만큼 올라가 있는 상태다. 설령 네 작품이라는 사실이 밝혀져도 주가가 떨어지진 않을 게야. 열 살짜리가 썼다고 믿기 힘들 만큼 잘 쓴 작품이기 때문이지."

지호는 잠시 망설이다 대답했다.

"삼촌. 실은, 안 그래도 작품에 대해 이전에 대충 들은 적이 있어요. 미쟝센 심사 위원장이었던 남길수라는 사람한테서요."

"그놈이 기어코 너한테까지 접근했었구나. 충분히 그러고도 남을 놈이지."

"후, 모든 게 너무 갑작스러워서… 생각을 정리할 시간이 필요할 것 같아요."

"그래. 이제 내 할 말은 모두 끝났으니, 네 방으로 돌아가도 된다."

"네, 삼촌. 그리고… 지금까지 보관해 주셔서 감사합니다."

고개를 꾸벅 숙인 지호가 서재를 떠나 방으로 갔다. 그는 한참 동안 멍하니 책상 위에 올려둔 시나리오를 바라만 봤다.

'이게 내가 열 살 때 쓴 시나리오라고?'

그런 적이 있었던 것도, 없었던 것도 같았다. 불분명한 기억을 떠올리려 애쓰던 지호는 큰마음을 먹고 시나리오의 첫 장을 넘겼다. 그 뒤로 천천히 자신이 썼던 작품을 읽어 내렸다.

처음에는 단순히 재미있었다. 그런데 갈수록 고등학교 삼 년 내내 쓴 작품보다 신비롭고 참신하다는 생각이 들었다. 다만 상업 영화로 만들기엔 꽤 큰 스케일이 필요할 것 같았다.

"휴, 어차피 당장은 만들 수 없겠네."

혼잣말로 중얼거리던 지호는 순간, 아세틸콜린이 분비되며 사라졌던 기억이 떠올랐다.

번쩍!

셔터가 터지며 장면 하나가 연상된다.

지호는 자가용 뒷좌석에서 어머니의 무릎을 베고 누워 있었다. 자다 깬 가운데 운전석에서 운전을 하고 있는 아버지의 음성이 들려온다.

—서 감독이 이걸 보면 얼마나 흥분할지 벌써부터 기대되는군!

—아마 지호가 썼다는 거 자체를 믿지 않을 걸요? 당신이 썼다고 생각할 거예요.

—하하, 당신이 봐도 그렇죠? 내 아들이지만, 정말 천부적인 재능이에요. 나도 저 정도는 아니었거든.

어머니가 입가에 미소를 띤다. 그녀의 따뜻한 손길이 지호의 머리카락을 쓸어 넘긴다.

—벌써부터 우리 지호의 미래가 기대돼요. 자식이 자라나는 모습을 본다는 건 그 무엇보다 값진 축복인 것 같아요.

기억은 거기까지였다. 어느새 지호의 볼을 타고 흐른 닭똥 같은 눈물이 뚝뚝 떨어지며 시나리오 용지를 적셨다.

"하아."

지호는 먹먹한 가슴을 안고 간신히 한숨만 내쉴 뿐이었다.

                    *   *   *

한국예술대학교 입학식은 오전 열한 시에 시작됐다. 삼십 분쯤 지나 전체 오리엔테이션을 했고, 열두 시쯤 학과별 오리엔테이션이 별도로 진행됐다. 지호는 일정 내내 대학 동기가 된 해조와 붙어 다녔다.

불쑥 해조가 무뚝뚝한 어조로 말했다.

"…고마워."

"응?"

지호가 되묻자 해조가 덧붙였다.

"덕분에 수시로 편하게 들어왔잖아."

"아아. 다 같이 만든 작품이었는데 뭘."

대수롭지 않게 받아넘긴 지호는 따가운 눈길을 느끼고 고개를 돌렸다. 뒷자리에 옹기종기 모여 앉은 여학생 몇몇이 들릴 듯 말듯 수군대고 있었다.

"우와, 대박. 진짜 잘생겼다."

"쟤가 걔 맞지? 이번에 특채로 들어왔다던."

"그 옆에 여자애는 곁다리로 딸려 들어왔다던데?"

화살이 해조한테 향했다.

지호는 나직이 한숨을 내쉬었다.

'내가 쓸데없는 짓을 한 걸지도.'

그는 해조가 자신의 실력으로도 충분히 입학할 수 있었으리라 믿고 있었다. 그런데 괜히 특채로 들어와서 구설수에 오르는 상황이 발생한 것일 수도 있겠다는 생각이 이제야 든 것이다. 정작 해조는 별로 신경 쓰지 않는 눈치였지만, 동기들이 매일같이 따끔한 눈총을 보낸다면 아무리 그녀라도 스트레스를 받을 터였다.

복잡한 심경 속에 지루한 입학식이 끝났을 때 익숙한 얼굴을 볼 수 있었다. 기철과 지혜가 꽃다발을 안겨준 것이다.

"이야! 너희들, 결국 우리 학교로 왔네?"

"입학 축하한다."

지호는 빙그레 웃으며 두 사람을 보았다.

"형, 누나. 진짜 오랜만이에요."

그동안 문자만 자주 주고받고, 몇 차례 만남을 갖진 못했던 것이다.

"하긴, 나도 졸작 들어가면서 바빴고 기철이는 군대 갔다 왔으니까."

현재 기철은 3학년, 지혜는 졸업생이었다.

지호가 물었다.

"프로필 사진 보니까 누난 요즘 공연하시는 것 같던데요?"

"응! 난 졸업한 뒤에 계속 연극 연출 쪽 일을 하고 있지. 원래부터 이쪽에 흥미가 있기도 했고, 당장 영화를 만들기에는 금전적인 제약이 있으니까."

보기 드문 케이스는 아니었다.

하지만 지호는 조금 아쉬웠다.

'지혜 누나 실력에 여건만 된다면 당장에라도 정말 멋진 영화를 만들 수 있을 텐데.'

약 3년 전에 봤을 때도 프로페셔널한 모습을 보여주었던 지혜였기에, 지금은 더욱 발전했으리라 확신했다. 안 그래도 그녀는 졸업 작품으로 부천국제영화제 '경기도 교육감상'과 '청소년 영화아카데미 원장 상'을 동시 수상하며 우수한 신인 감독 중 한 명으로 꼽힌 적이 있었다.

이때 지혜가 입을 열었다.

"밥 안 먹었지? 오랜만에 같이 밥이나 먹자."

지호와 해조는 고개를 끄덕이고는 이제 자신들의 선배가 된 두 사람을 따라나섰다.

한편 그들을 보고 있던 동기들은 대부분 놀란 표정을 짓고 있었다.

"도대체 저런 선배들이랑은 어떻게 아는 거지?"

"와. 시작부터 대학 생활 풀렸네."

기철과 지혜가 지호의 주도 아래 함께 작업했던 사이란 사실은 상상도 못했기 때문에 다른 학생들의 허탈감은 더욱 컸다.

미장센 영화제에서 수상을 하고 특별 취급을 받으며 들어온 것도 마음에 안 드는데, 선배들의 애정까지 독차지하고 있다니. 부럽긴 했지만, 반면에 질투도 났다.

그럼에도 불구하고 공통된 생각은 하나였다.

'쟤랑 친해져야겠다!'

지호는 이미 일 학년의 명물로 부상하고 있었다.

동기들 틈에서 이와 같이 미묘한 움직임이 일고 있는 사이.

지호는 지혜, 기철, 해조와 함께 즐거운 시간을 보냈다.

"…그래서 내 생각에는 지호가 좀 더 넓은 세계로 나가는 게 좋을 것 같다는 거야. 국내 영화산업이 근래 크게 발전한 건 사실이지만, 할리우드나 유럽 영화를 따라가기에는 아직 멀었거든."

기철의 말에 지혜 역시 수긍했다.

"나 역시 동의해. 그래도 요즘에는 해외 대학이랑 교류도 활발하게 하고 교환학생 제도도 잘 되어 있으니까."

"난 3학년이라 졸업하려면 교환학생까지 다녀오긴 힘들지만 기회가 된다면 지호나 해조는 충분히 누릴 수 있을 거다."

이야기를 들으며 지호는 두 사람을 먼저 알길 잘했다는 생

각이 들었다. 그들의 입 밖으로 나오는 말들은 아무래도 이제
막 입학한 신입생들이 알고 있기엔 어려운 것들이었다.

'교환학생이라.'

영화를 제대로 배우려면 넓은 세계로 가는 것이 훨씬 큰 이
점을 갖고 있긴 했다. 하지만 단점도 만만치 않았다.

영화는 혼자 할 수 있는 예술이 아니다. 더욱이 영화를 보
게 될 관객의 문화나 국민성도 고려해야만 한다. 만약 해외로
나가서 공부를 한다고 할지라도 현지 사람들이나 문화에 적
응하는 시간이 걸릴 테고, 작업에도 몇 배 이상의 어려움을
겪을 수 있는 것이다. 또한 다른 문화권에서 교육을 받을 시
한국으로 돌아왔을 때 관객과 소통하는 데에 있어서 괴리가
생길 수 있었다. 영화감독을 꿈꾸는 많은 이들이 '유학'을 주
저하는 이유이기도 했다.

'신중할 필요가 있어.'

지호는 고민해 보기로 했다.

이때, 지혜가 손뼉을 치며 물었다.

"맞다! 얼마 전 양 교수님 찾아뵀다가 들은 얘긴데, 곧
NFTS(National Film and Television School: 세계 최고의 영화 학
교 중 한 곳)에 보낼 교환학생을 뽑는다고 하더라."

"NFTS에서 교환학생을 받아줘?"

기철이 미심쩍은 표정으로 물었다. NFTS는 동양인 비중이

광장히 적었고, 국내 학교와는 교류가 이루어지지 않고 있었기 때문이다.

빙그레 웃은 지혜가 고개를 끄덕였다.

"지금까지는 불가능했지. 그런데 이번에 교류가 없는 세계 열다섯 곳의 영화 학교를 선정해서 교환학생을 받는단 시책을 발표했어. 뽑힌 사람한테는 우리 학교에서 전액 장학금 지원도 해준다더라. 유학이 아니니까 학업 기간도 인정해주고. 좋은 기회 아니야?"

그녀는 코트 주머니에서 꼬깃꼬깃 접혀 있는 포스터 한 장을 보여주며 말을 이었다.

"15분짜리 단편을 만들어서 교내 경쟁을 통과한 후 최종적으로 NFTS측에 발탁되면 돼. 배우는 한 명밖에 쓸 수 없고 촬영할 카메라 기종까지 정해져 있더라. 물론, 지원자 혼자 찍어야 되고."

Chapter 4
한국예술대학교

지호는 고등학교 때와 동일하게 기숙사 신청을 했고, 과거 룸메이트였던 성진과 함께 2인실로 배정됐다. 개강 날이 월요일이었기 때문에 두 사람은 일요일부터 미리 도착해서 짐을 풀었다.

지호가 현관문을 열고 들어섰을 땐 성진이 컴퓨터를 연결하고 있었다. 문제는 커다란 종이 박스가 천지에 널브러져 있다는 것. 심지어 지호 허리까지 올라오는 박스가 떡하니 현관을 가로막고 있었다.

"나랑 룸메이트 하기 싫으면 말로 하지, 꼭 이렇게 입구를 막아놔야만 했냐?"

성진은 지호의 말이 들리지도 않는지, 흥분으로 붉게 물든 얼굴로 떠들어댔다.

"하핫! 드디어 풀 옵션 컴퓨터를 장만했다! 우리 어머니가 입학 선물로 컴퓨터와 중고차 중 하나를 택하라 하셨지. 난 자신 있게 i7코어에 커스텀 수냉쿨러가 적용된 컴퓨터를 선택했다."

몇 달 만에 보는 성진은 여전히 알 수 없는 말을 해댔다. 두 사람은 관심사뿐 아니라 성향도 판이했지만 오히려 그 덕분에 마찰이 없고 서로가 편했다.

지호는 고개를 절레절레 저으며 박스를 치우고 안으로 들어섰다. 한참 짐을 풀고 있던 찰나, 문득 휴대폰 액정 불빛이 환하게 들어오며 진동음이 울려 퍼졌다.

지이잉— 지잉.

지호는 수화기를 어깨와 얼굴로 고정시킨 뒤 전화를 받았다.

"여보세요?"

그 와중에도 짐을 정리하는 손은 바쁘게 움직였다.

미처 상대방 이름을 확인 못하고 받은 전화인데, 뜻밖에 목소리가 들려왔다.

—여보세요. 지호 학생? 기숙사 신청을 했던데, 학교에 도착

했나 해서 전화했어요.

바로 양동휴였다.

지호는 잠시 하던 일을 멈추고 전화기를 고쳐 잡으며 대답했다.

"아, 교수님! 안 그래도 지금 막 도착했습니다."

─잘됐네요. 그럼 내 연구실에서 잠깐 볼 수 있을까요?

"네! 지금 바로 가겠습니다."

전화를 끊은 지호는 짐을 대충 보기 좋게 박아둔 다음 양동휴의 연구실로 찾아갔다. 예전 촬영 때 몇 번 오갔다 해도 오래전 일이라 지리가 낯설었다. 결국 그는 길을 조금 헤맸다.

노크를 한 뒤 연구실에 들어간 지호가 말했다.

"늦어서 죄송합니다."

"아! 아네요. 저녁은 먹었어요?"

갑작스러운 질문에 지호가 고개를 저었다.

"아니요. 아직……."

빙긋 웃은 양동휴가 자리에서 일어나며 옷걸이에 걸려 있는 코트를 챙겼다.

"잘됐네요. 저녁도 함께 들 겸, 나가면서 얘기나 합시다."

말은 그렇게 했지만 두 사람은 아직 어색한 관계였다. 그들은 학교 밖 식당에 도착할 때까지 별다른 대화를 나누지 않았다. 자리에 앉자, 양동휴가 농담하듯 운을 뗐다.

"서 감독님은 내가 현장에 있을 적부터 존경하던 선배님입니다. 선배님과 지호 학생이 깊은 인연이 있다는 사실에 얼마나 놀랐는지 몰라요. 우리가 초면도 아니고, 학기가 시작되기 전에 함께 밥 한 끼 하고 싶었습니다. 지금은 동네 아저씨처럼 편하게 생각해도 돼요."

학생을 편애하는 게 아니라는 태도를 확실히 한 뒤, 자신을 편하게 대하라고 주문한다.

서재현과 양동휴가 선후배 관계임을 미리 들어서 알고 있던 지호는 어색하게 웃으며 대답했다.

"하하, 네… 알겠습니다."

그 후로도 젓가락 놀리는 소리만 실내를 가득 채웠다.

썰렁한 분위기 속에서 식사를 하던 지호가 물었다.

"교수님. 그, 교환학생에 대해 들었습니다."

"오. 벌써 NFTS와 진행하는 프로젝트에 대해 들었나요?"

반갑게 웃은 양동휴가 다시 물었다.

"그래서, 그곳에 지원할 생각이 있습니까?"

"사실 그 부분이 많이 고민돼요. 그래서 교수님께 자문하고 싶습니다."

"좋아요."

양동휴가 젓가락을 내려놓고 입가를 닦았다.

"그럼 어디 원론적인 이야기를 해볼까요? 왜 고민이 되죠?"

"작품을 제출해서 만약 뽑힌다고 하더라도 과연 영국에서 기대했던 것만큼 많은 걸 배울 수 있을지, 시간 낭비가 되진 않을지 확신이 들지 않습니다."

"몹시 신중하군요."

지호를 빤히 바라보던 양동휴가 물었다.

"아직 엄청나게 젊은데도 본인의 시간을 귀하게 여기고 미래에 대해 신중한 건 큰 장점이에요. 하지만 독이 될 수도 있습니다."

그는 역설적인 발언을 했다.

"우리는 내일 발생할 일들을 예측하거나 예상할 수는 있지만 확신하진 못합니다. 아니, 한 시간 후나 잠시 뒤조차 어떤 일이 벌어질진 아무도 모르죠. 제 말은, 교환학생을 가든 이곳에 남든 앞으로의 시간들이 낭비가 될지 깨달음이 될지는 그 누구도 모른다는 겁니다. 미래를 걱정하는 것은 답이 나오지 않는 어리석은 고민이고, 모든 일의 성패는 자신에게 달렸다는 뜻이에요. 내 말에 동의하나요?"

지호는 고개를 끄덕였다.

"네, 동의합니다. 교수님 말씀을 들어보니 제가 시작도 안 해보고 너무 전전긍긍했던 것 같아요."

"맞아요. 내가 타인인 이상 지호 학생의 고민을 없애줄 순 없습니다. 대신 한 가지 방법을 살짝 알려주죠."

그렇게 말한 양동휴는 마치 준비라도 해온 것처럼 코트 안 주머니에서 티켓 두 장을 꺼내 테이블 위에 올려놨다.

"요 근래 세계적으로 주목받고 있는 영국 국적의 악동 감독 스콧 하트와 이스라엘 출신 여배우인 리나 프라다가 내한을 한다고 합니다. 스콧 하트는 지호 학생보다 여섯 살이 많고, 리나 프라다는 동갑이죠. 이건 두 사람을 가까이서 볼 수 있는 시사회 티켓입니다."

지호는 양동휴 교수의 의중을 파악하기 어려웠다.

그때, 양동휴 교수가 말을 이었다.

"작년 겨울방학, 베를린 영화제에 갔다가 먼저 본 영화예요. 과연 '은곰상—감독상'을 수상할 만큼 멋진 영화라는 생각이 들었습니다. 지호 학생도 이 영화를 보고, 이 영화를 만든 감독과 주연배우를 만나보세요. 그들을 만났을 때 먼 거리감이 느껴진다면 지금처럼 신중해도 된다고 봅니다. 단 심장이 뛰고, 자신감이 들고, 그들과 함께 작업하고 싶은 열의가 든다면, 당장 도전해 보고 싶어질 거예요."

그제야 지호는 속뜻을 이해할 수 있었다.

'그래, 꽁꽁 싸매고 있을 게 아니라, 때로는 직접 답을 찾아 나서는 것도 필요해.'

그는 티켓을 받았다.

"감사합니다. 교수님."

양동휴는 흐뭇한 미소를 짓고 손을 들며 외쳤다.

"사장님, 여기 공깃밥 하나 더 주십시오!"

*　　　*　　　*

시사회 당일.

지호는 스콧 하트 감독, 리나 프라다 주연의 〈비운의 무용수〉란 영화를 보러 갔다. 그는 극장 앞에서 새하얀 입김을 뱉으며 손목시계를 확인했다.

'으, 너무 일찍 도착했네.'

약속 시간까지 이십 분이나 남아 있었다. 어디 들어가 있을 데가 없나 두리번거리는데, 극장에 딸린 커피숍 창문을 통해 약속 대상인 강지원의 모습이 보였다.

"어?"

지호는 당황했다.

'뭐야, 벌써 와 있었던 거야?'

그 순간 지호를 발견한 지원이 활짝 웃으며 손을 흔들었다. 그녀는 총총걸음으로 카페 문을 열고 나왔다.

"올, 신지호! 오늘 멋지게 입고 왔네?"

지원이 짧게 감탄했다. 학교나 현장에서 마주치면 대부분 교복 아니면 편안한 복장이었는데, 오늘은 말끔한 신사처럼 차려입고 나온 것이다.

지호 역시 동감이었다.

"올, 강지원! 너도 만만치 않은데 뭘."

친구 이상의 어떤 감정은 없었지만, 그래도 예쁘긴 했다.

'괜히 얼짱이 아니지.'

문득 지호는 지원을 부르길 잘했다는 생각이 들었다.

그전에 서재현과 이지은, 수열에게 물어봤지만 하필 오늘 수열의 연기 학원에서 공연이 있는 날이라 마땅히 부를 사람이 없었던 것이다. 공부에 빠진 해조나 게임에 빠진 성진에게는 애초에 묻지도 않았다.

"왜 그렇게 빤히 보고 있어?"

지원의 물음에 퍼뜩 깬 지호가 고개를 저었다.

"아니야. 들어가자."

두 사람은 팝콘에 콜라까지 사들고 상영관에 입장했다.

좌석에 앉자 코트를 벗어 정리한 지원이 어깨에 바짝 붙으며 속삭였다.

"영화 끝나면 진짜 리나 프라다 오는 거야? 내가 제일 좋아하는 여배운데!"

목소리가 너무 작았다. 대략 무슨 내용인지 정도는 파악할 수 있었지만 좀 더 정확한 수용이 필요했다.

지호는 지원에게 귀를 가져다 대며 못들은 척 물었다.

"뭐라고?"

두 사람의 거리가 가까워지자 심장도 세차게 뛰었다.

미묘한 분위기 속에 얼굴을 붉힌 지원이 머뭇거리며 입을 열었다.

"그, 리나 프라다 오나 해서······."

"응. 그렇다네."

지호는 재빨리 원래 앉아 있던 자세로 돌아갔다. 허리를 꼿꼿이 편 그는 어딘가 경직돼 보였다. 오늘따라 유난히 예뻐 보이는 지원의 모습에 용기를 내긴 내봤는데, 좀 어색하고 괜스레 불편했다. 그리고 더웠다.

'괜한 짓을 했나?'

아직 심장의 움직임이 잦아들지 않았을 때 불이 꺼지며 영화가 시작됐다. 아름다운 클래식의 선율과 함께 오프닝 씬이 흘러나오자, 지호의 복잡한 심경이 정리됐다. 이미 그의 시선과 의식은 지원을 떠나 스크린 속으로 빨려 들어가고 있었다.

한편 옆모습을 훔쳐보던 지원은 표정이 침울해졌다.

'뭐야? 영화 시작하니까 나는 눈에 보이지도 않나 보네. 하긴 뭐, 내가 여자 친구도 아니고······.'

고개를 세차게 저은 그녀는 스크린으로 시선을 돌려 영화를 감상했다.

영화를 한마디로 정리하면 '가슴으로 스며들었다'.

처음부터 끝까지 여주인공의 감정에 무섭게 몰입했다.

리나 프라다의 감정선을 따라가는 것이 아니라, 함께 갔다.

영화가 끝난 후에야 지호는 궁금증이 들었다.

'나라면 이런 영화를 만드는 게 가능할까?'

자문해 봤지만 대답은 'No'였다.

지금까지 보고 들은 모든 것을 섬광 기억으로 기억하고 있다 해도, 이 모든 걸 응용한다 해도 이런 영화를 만들 수 있다는 확신이 들지 않았다.

"하하."

지호는 뭐가 좋은지 웃음을 터뜨렸다. 지금 당장 카메라를 들고 뛰쳐나가 그 무엇이라도 찍고 싶은 충동이 휘몰아쳤다. 한참을 넋이 나가 있던 그가 지원에게 고개를 돌리며 물었다.

"영화, 어떻게 봤어?"

지원 역시 충격을 받은 얼굴이었다.

"와… 진짜 연기를 무슨."

그녀는 말을 잇지 못했다.

지호가 하고 싶은 말이기도 했다.

'연기를 괴물같이 잘해. 얼마나 짜릿할까?'

감독의 의도를 뛰어넘는 연기력을 보여줄 때, 한 번 쳐다보는 것만으로 카메라 앵글을 감정으로 꽉 채울 때.

도대체 얼마나 큰 전율을 느낄 수 있을까?

"직접 겪어봐야겠어."

지호의 혼잣말을 들은 지원이 눈을 동그랗게 뜨고 쳐다봤다. 그녀가 무언가 물으려던 찰나, 스크린 앞으로 〈비운의 무용수〉를 만든 감독 스콧 하트와 여배우 리나 프라다가 천천히 걸어 나왔다. 그러자 환호와 함께 여기저기서 플래시가 터졌다.

두 사람이 인사하고, 이내 마이크가 넘어갔다.

스콧 하트의 말을 통역가가 그 자리에서 직역해 주었다.

"여러분 반갑습니다. 한국 관객 분들을 직접 만나뵐 수 있어 영광입니다. 한국에 와서 가장 기대하고 놀라웠던 건, 거대한 상영관과 스크린이었습니다. 그리고 지금, 뜨거운 호응에 다시 한 번 놀라고 있습니다. 물론 저보단 아름다운 리나의 몫이겠지만요."

말을 마친 그는 자연스럽게 리나 프라다에게 마이크를 넘겼다.

이내 리나 프라다가 사근사근한 목소리로 말문을 열었다.

"한국은 처음인데도 익숙했어요. 한국에 대한 첫인상은 영화제에서 우연히 본 한국영화였죠. 당시 어린 나이었는데도 불구하고 크게 감명을 받았어요. 그때부터 〈별밤〉, 〈소나기〉, 〈눈의 꽃〉을 모두 봤답니다."

다른 관객들도 그랬겠지만, 제목을 들은 지호는 특히 반가웠다. 세 작품 모두 서재현 감독이 만든 영화였기 때문이다. 놀라운 일은 맞지만 충분히 가능한 일이었다.

'서정적인 영화를 좋아하나 보네.'

단순하게 정리한 지호는 마침내 결심했다.

'영화라면 어느 곳에서라도 물리적, 심리적 거리를 모두 허물 수 있다. 도전에 대해 전혀 망설일 이유가 없어.'

*　　　*　　　*

한국예술대학교 영상원 연출과 카메라 실습 시간.

지호는 어렸을 때부터 카메라를 다뤄왔기에 유지 관리, 조작 등에 익숙했다. 그는 능숙하게 카메라 게이트, 레티큘 위치, 프레임 라인, 누광 현상, 뷰파인더 등을 확인했다.

1학년 동기들은 그 모습을 멍하니 바라만 봤다. 그중에는 최규만도 있었다.

'이건 반칙이잖아?'

규만은 고개를 절레절레 저었다. 복잡한 카메라를 척척 다루는 손동작만 봐도 프로페셔널하다. 뿐만 아니라 눈빛은 소름 돋게 날카롭다. 머뭇거리며 배워나가는 동기들과 너무나 달랐다.

하나를 보면 열을 아는 법.

'신지호랑 같은 조만 되면 1학년 워크숍은 따 논 당상이겠어.'

오죽하면 지호를 바라보고 있는 영화 촬영 전공 부교수의 동공도 흔들리고 있었다. 앞으로 1학년 수업 때마다 시범을 보여야 했기 때문이다.

'이거, 이러다 개망신 당하는 거 아니야?'

긴장이 됐다. 저 정도면 10년 차 카메라감독도 울고 갈 실력이다. 도저히 지호의 섬세하고 능숙한 손길을 따라갈 자신이 없었다. 학생들에게 놀림감이 될지도 모른다고 생각하자 아찔했다.

'이제 막 고등학교 졸업한 녀석이 어떻게 저럴 수 있지? 대체 뭐하는 녀석이야?'

                    *   *   *

지호의 남다른 면모는 영화 이론 시간에도 여실히 드러났다.

양동휴 교수의 '세계 영화사' 강의 시간이었다.

양동휴가 학생들을 상대로 질문을 던졌다.

"영화는 직접적인 정치 도구로 사용되는 경우도 있습니다. 자신이 알고 있는 사례가 있는 학생?"

지호가 손을 번쩍 들었다.

양동휴는 고개를 끄덕였다.

"말해보세요."

"네, 교수님."

지호는 또박또박 발표를 시작했다.

"나치 독일의 프로파간다(Propaganda: 사상이나 교리 따위를 선전하는 활동) 영화들이 있습니다. 히틀러는 집권 후 독일 국민의 계몽과 대내외 체제 선전을 담당할 부서를 설치하고 괴벨스를 장관으로 임명했죠. 히플러, 리펜슈탈 같은 영화제작자들에게 거의 무제한으로 재원을 지원해서 유대인을 비하하고 국가사회주의를 찬양하는 선전용 영화를 제작하도록 지시했습니다."

"그런 영화들이 탄생된 이유가 뭐죠? 영화가 정치적 도구로 사용된 이유 말이에요."

"극적인 요소를 가미하고 인기 배우를 투입하면 영화만큼 정부나 정권이 대중에게 전하고 싶은 메시지를 효과적으로 전달할 매체를 찾아보긴 힘들기 때문입니다."

활짝 웃은 양동휴가 박수를 쳤다.

짝, 짝, 짝.

다른 학생들도 덩달아서 박수를 쳐주었다.

그 박수 소리를 뚫고 양동휴의 목소리가 울려 퍼졌다.

"너무나 정확한 답변입니다. 〈영원한 유대인(Der ewige Jude, 1940)〉, 〈올림피아(Olympia,1938)〉, 〈의지의 승리(Triumph des Willens,1935)〉, 〈전함 포템킨(Bronenosets Potemkin,1925)〉 등이 대표적인 프로파간다 작품이죠. 〈자유의 날(Tag der Freiheit,1935)〉의 경우에는 제작과 촬영 기술 자체도 탁월해서 피터 잭슨, 리들리 스콧 감독도 이 영화를 깊이 연구했다고 합니다."

지호는 고개를 끄덕였다. 그는 영화 이론에 대해서만큼은 '섬광 기억'의 사용을 자제하고 있었다. 기억이 아닌 이해를 해야만 완벽히 자기 것으로 만들 수 있었기 때문이다.

해당 수업이 끝나고, 함께 점심을 먹던 해조가 지호에게 물어왔다.

"…영화를 정치적 목적으로 사용해도 된다고 생각해?"

지호는 잠시 고민하다 대답했다.

"응. 오바마의 말처럼 어떠한 경우에도 표현의 자유라는 합법적 가치를 양보해선 안 된다고 봐."

오바마 미국대통령은 할리우드가 미국 경제의 엔진이고 민간 외교에 큰 몫을 하고 있으며, 관용과 다양성, 창의성의 존중 같은 미국 문화의 독특한 가치를 전 세계에 전파하고 있다고 했다.

반면 해조는 이에 대해 문제 제기를 했다.

"하지만 지나치게 폭력적이고 총기를 남용하는 문제에 대해서 책임을 느껴야 한다고도 말했지. 꼭 할리우드를 생각하지 않아도, 국내 영화만 해도 문제가 많아. 미화는 물론 역사를 왜곡하는 일도 심심치 않게 있잖아? 대중에게 진실을 잘못 전달할 위험을 내포하고 있다는 뜻이야."

지호는 부정하지 않고 고개를 끄덕였다.

"맞는 말이지만 내 생각은 조금 달라. 아무리 실화라고 한들 우리는 영화를 보기 전 픽션이란 것을 인지해. 관객들에게도 '판단력'이 있다는 거지. 역사를 다룬 영화에서도, 영화의 역할은 대중의 관심을 끌어내는 데까지야. 그러려면 내용에 드라마틱한 요소가 있어야만 해. 안 그러면 다큐멘터리가 되지 않을까?"

비단 역사를 다룬 영화뿐만 아니었다. 미국에 한 번도 가본 적 없는 사람들이 할리우드 영화를 통해 미국에 대한 이미지를 갖게 된다면 영화의 목적을 충실히 수행했다고 봐야 한다. 그게 미화됐든 편파적이든, 판단은 관객의 몫인 것이다.

"흠."

해조는 생각에 잠겼다.

그녀와 있으면 이처럼 진지한 주제가 오갔다.

피식 웃은 지호가 덧붙였다.

"물론 〈아르고〉에서처럼 균형을 잃으면 안 되겠지만."

영화 〈아르고〉에서 영국과 뉴질랜드 대사관이 탈출한 외교 관들의 신변 보호를 거부했다는 대사가 나오지만 사실과 다르고, 당시 양국은 신변 보호를 거부하기는커녕 부분적으로 조력한 일을 두고 한 말이다.

그러나 해조는 알아듣지 못했다.

"나 그 영화 안 봤어."

지호는 다시 한 번 실소했다.

머릿속에선 새로운 아이디어가 꿈틀대고 있었다.

'잠깐! 그렇다면 내가 한국 문화를 전파하는 영화를 만들어 보는 건 어떨까?'

할리우드 영화가 미국을 한 번도 가 본적 없는 사람에게 미국의 이미지를 심어준다면, 자신도 한국을 한 번도 와본 적 없는 외국인에게 한국의 이미지를 심어줄 수도 있겠다는 생각이 번뜩 들었다.

'어떻게 표현해야 가장 흥미롭고 정확하게 전달할 수 있을까?'

표현의 자유를 인정하면서도, 정작 자신이 미화를 하고 싶진 않았다. 그렇다고 '그냥 찍으면' 다큐가 되어버린다. 영화 속에는 이야기가 있어야 하는 것이다.

밥그릇을 싹싹 비울 동안 고민을 마친 지호가 해조를 보며 선언했다.

"난 이번 NFTS 교환학생 공모전에 참가해야겠어. 목표를 정했거든."

"응? 기철 오빠랑 지혜 언니가 말했던 거?"

"맞아."

고개를 끄덕인 지호가 말을 이었다.

"공모전에 뽑혀서 내 영화가 NFTS로 건너간다는 전제하에, 그곳 교수들을 한국으로 부를 수 있을 만한 영화를 만들 거야. 우리나라의 문화를 알릴 수 있는 영화."

그들에게 한국을 소개하고 싶다. 진실만을 다루되 재미있게. 지호 생각에, 가장 적합한 장르는 하나뿐이었다.

"이번 영화는 코미디야."

*   *   *

우드 파이슨은 한국 생활 12년 차의 미국 태생 흑인이었다. 그의 주 활동지는 이태원이었으며 주거지는 바로 옆 보광동이었다. 그가 이곳에서 지내는 이유는 간단했다. 일단 혼자 지내기에 방값이 저렴하고, 흑인이라고 해서 불편하게 바라보지 않기 때문이다.

우드의 직업은 예능 프로그램 '신기방기'의 고정 재연 배우. 녹화가 없는 날에는 오늘처럼 배우 구인 공고가 올라오는 사이트를 들락거리며 '외국인'이라는 키워드를 검색해 본다. 엄연히 한국 국적의 시민이었지만 연기로 밥벌이를 하려면 어쩔 수 없다.

"우와. 오늘은 진짜 구하기 힘든데?"

능숙한 한국어 발음. 한국 사람이 보면 가끔 놀라기도 하고, 빵 터지기도 한다. 190센티미터 곰 같은 체구를 가진 흑인 입에서 나오는 미성(美聲)의 한국말이라니.

순간 우드가 두툼한 주먹을 움켜쥐며 몸을 움쩍거렸다.

"오!"

두 눈에 들어온 것은 '한국예술대학교 외국인 배우 모집 공고'. 제목을 클릭해서 해당 게시글에 들어가 보니 감독 이력사항이 화려했다.

한국예술대학교 주최 'NFTS 교환학생 공모전'에 출품할 작품입니다. 1인극으로 구성되며 장르는 코미디입니다. 미국식 영어가 유창하고 한국어로 의사소통이 가능한 African—American이었으면 좋겠습니다. 촬영하게 될 분량과 페이는 추후 협의 후 결정하도록 하겠습니다.

감독 프로필.

신지호.

한국예술대학교 1학년 재학 중.

파주시 지역홍보 공모전 대상 수상.

미장센 단편영화제 비정성시 경쟁 부문 최우수상 수상.

010—xxxx—xxxx

"오우! 딱 날 찾는 거잖아?"

우드는 아프리카계 미국인이었다. 지내는 곳도 이태원이니 여전히 미국식 영어가 유창하고, 한국 생활만 13년 차이므로 의사소통에는 아무 문제가 없었다.

"그나저나 대단하네. 스무 살에 벌써 경력이 화려해."

고개를 주억거리며 감탄한 우드는 구인 공고에 나와 있는 휴대폰 번호로 전화를 걸었다.

연결음 다음, 상대의 목소리가 들려왔다.

—여보세요?

"안녕하십니까. 전 우드 파이슨이라고 합니다. 외국인 배우를 모집한다는 공고를 보고 전화드렸습니다."

—아, 그렇군요. 잠시만요!

전화를 받은 상대는 바로 지호였다. 그는 시끄러운 곳을 벗어난 뒤 말을 이었다.

—우드 파이슨 씨라고 했나요? 한국말을 엄청 잘하시네요.

우드가 뿌듯하게 웃으며 유쾌한 음색으로 대답했다.

"13년째 한국에서 살고 있으니까요!"

—하하. 그럼 뭐 같은 한국인이네요.

"하핫! 그렇긴 하지만 전 공고에 올리신 조건에 딱 맞습니다! 미국에서 태어나서 미국식 영어를 쓰고, 흑인에, 한국말로 의사소통이 가능하니까요. 그리고 예능프로 '신기방기'의 고정 재연 배우로 지금도 활동 중입니다!"

—와!

다시 한 번 감탄한 지호가 정중하게 말했다.

—이렇게 연락 주셔서 영광입니다. 일단 간단한 오디션을 진행하고 싶은데, 내일 점심 때쯤 저희 학교로 와주실 수 있나요?

"아이고, 제가 감사죠. 후후. 한국예술대학교로 가면 되는 거죠?"

—네, 맞습니다. 오셔서 전화 주시면 돼요. 시간은 언제가 편하시겠어요?

"음… 전 오후 두 시가 좋습니다."

—네! 저도 좋습니다. 그럼 내일 뵙기로 하고, 메일 주소 알려주시면 바로 오디션 대본을 보내드릴게요.

"네! 메일 주소는 문자로 보내겠습니다."

두 사람은 전화를 끊었다.

우드는 문자로 메일 주소를 보냈고, 3분쯤 지나서 '오디션 대본 확인 부탁드립니다'라는 답장이 왔다. 그는 설레는 마음으로 메일에 첨부된 문서 파일을 열어보았다.

그곳에는 내용이 압축된 시놉시스와 한 장면 분량의 대본이 나와 있었다.

우드는 크게 콧노래를 흥얼거리며 일단 시놉시스부터 읽어 내렸다. 그리고 얼마 못가 노랫소리가 잦아들었다.

스토리에 푹 빠져든 것이다.

"우후!"

우드는 혼자 컴퓨터 앞에 앉아 크게 박수를 쳤다.

짝, 짝, 짝, 짝!

감동을 주는 내용은 아니었지만 굉장히 담백하고 재치 있었다. 대학 공모전에 쓰일 작품이라 고민도 들었는데, 내용을 보고 복잡하게 생각하는 것을 그만뒀다. 한 치의 망설임도 없이 해야겠다는 판단이 서버린 것이다.

"재미있을 것 같군! 내 거야."

시놉시스를 두 번이나 연달아 더 읽어본 우드는 대본을 보았다. 대사 앞에 표정이나 움직임이 추상적으로 묘사돼 있었다.

"조금 과장된 느낌이 드는데? 희화적인 듯한……."

고개를 갸웃한 우드는 대본 안에 적혀 있는 느낌의 표정을 한 번 지어봤다. 오랜 재연 배우 경력 덕분에 우스꽝스러운 표정을 짓기가 어렵지 않았다. 그는 어깨를 들썩이며 불쑥 웃음을 터뜨렸다.

"역시. 내가 봐도 완벽한 표정이야!"

우드는 굉장히 긍정적인 성격이었다. 연기에 있어서만큼은 자신만만하기도 했다. 그럼에도 불구하고 그는 밤늦도록 연습을 하고 잠이 들었다.

그날 밤, 우드는 잠꼬대를 심하게 했다. 머릿속에서 대본이 둥둥 떠다녔기에 꿈속에서까지 열연을 펼친 것이다.

*   *   *

다음 날 오후 두 시.

우드는 한국예술대학교에 도착해 지호를 만났다.

"안녕하세요! 제가 어제 통화했던 우드 파이슨이에요!"

랩 하듯이 어미에 볼륨이 붙어 있었다. 이어 성큼성큼 다가선 거구의 흑인이 손을 내민다. 이런 상황을 처음 겪는다면 대부분 주춤하거나 한 발 물러설 것이다. 그러나 지호는 아무렇지도 않게 손을 맞잡았다.

"반갑습니다! 신지호입니다."

우드는 지호를 유심히 보았다. 일단 구김 없는 말끔한 생김새다. 아니 그 정도가 아니고, 영화배우처럼 번듯한 외모다. 그럼에도 처음 봤을 때 외모가 눈에 안 들어왔다. 그의 시선을 사로잡은 것은 맑은 눈빛과 당당한 기운이었다.

'느낌이 좋다!'

한마디로 정리한 우드가 지호에게 물었다.

"어제 받은 대본에 있는 연기를 하면 되는 건가요?"

"아, 맞습니다. 준비되면 바로 보여주세요!"

그렇게 말한 지호는 잠자코 기다렸다.

잠시 후 우드가 연기를 시작했다. 그는 3분 남짓 되는 분량의 대본을 소화하는 와중에도 익살스러운 표정과 몸동작으로 몇 번이나 웃음 포인트를 만들었다.

다만 그뿐이었다.

'혼자 연기를 하고 있어.'

지호의 눈에는 우드가 재연 배우 생활을 오래 하면서 굳어진 버릇이 보였다. 그는 혼자만의 연기를 하고 있었다. 이번 대사와 다음 대사 사이에 틈을 두지 않는다는 것이 그 증거였다. 이는 호흡을 맞출 필요 없이, 단기간에 캐리커처처럼 특징만 살리면 되는 재연 배우들의 악습관이기도 했다.

연기를 마친 우드가 우두커니 서서 결과를 기다렸다. 그는 연기를 하면서 최대한 격렬한 방법으로 인물을 표현했고, 이마에선 땀줄기가 흘러내리는 게 보였다.

지호는 턱을 만지작거리더니 어렵사리 물었다.

"우드 파이슨 씨는 방금 보여준 연기에 만족하시나요?"

잠시 고민하던 우드는 고개를 끄덕였다. 최선을 다했고 후회는 없었다. 연기도 평소보다 좋았던 것 같다.

하지만 지호가 이런 질문을 던진 이유는 전혀 다른 데 있었다.

"뭐랄까, 감정 없이 대사를 달달 외워서 말하는 느낌이에요."

직격타를 맞은 우드의 얼굴이 헐크처럼 일그러졌다. 그 험상궂은 표정만 보고도 흠칫 놀랄 만도 한데, 지호는 전혀 개의치 않고 말을 이어나갔다.

"평소 우리는 말을 할 때, 작위적으로 말하지 않습니다. 그냥 말하죠. 대화할 때 자기 자신에게 집중하지도 않습니다. 자신을 잊고, 상대에게 완전히 집중한 채로 말하죠."

당연한 말인데도 우드는 깨닫는 바가 있었다. 자신은 지금껏 '연기'를 의식하고 해왔던 것이다.

우드의 표정을 살핀 지호는 덧붙였다.

"상대 배역이 없이 혼자서 연기할 때도 마찬가집니다. 대화하듯이 연기를 한다면 한층 부드러워질 거예요."

엉겁결에 연기 지도를 받게 된 우드는 표정이 완전히 굳어버렸다. 새파란 신인 감독이 연기 경력 12년 차인 자신에게 이래라저래라 주문해서가 아니었다. 그가 돌처럼 굳은 얼굴로 서 있는 건, 지호의 말이 자신이 오랫동안 해온 고민의 해답을 담고 있어서였다.

결국 우드는 묻지 않고 못 배겼다.

"감독님은 제 정확한 문제점을 파악하고 있습니다. 어떻게 알았죠? 이전에 연기를 해본 적이 있습니까?"

아무리 지호가 재능이 뛰어나도, 경험 많은 감독이 아닌 이상 이런 혜안(慧眼)을 갖기란 힘들었다. 때문에 우드는 지호가 연기를 해봤으리라 추측한 것이다.

그러나 예상은 빗나갔다.

"하하, 아뇨."

지호는 고개를 젓더니 아련한 표정을 지으며 대답했다.

"같은 영화를 수십, 수백 번 보다 보니 '보는 눈'이 생겼을 뿐이에요."

애매모호한 대답에 우드는 고개를 갸웃했다. 같은 영화를 수십, 수백 번 보았다고? 시간 관계상 힘든 것은 차지하더라도, 대개는 질려서라도 그렇게까지 못한다.

"무슨 영화일지 궁금하군요."

우드가 물었지만 지호는 흐릿한 미소를 지으며 화제를 돌렸다.

"…연기에 대한 이야기로 돌아가서, 우드 씨는 연기를 잘하고 싶은 욕심에 완전히 빠져서 자기 할 말만 했어요."

"맞습니다."

우드는 인정했다.

"자신에게 몰입하다 보면 그래요. 저는 제가 맡은 배역을 연구하는 걸 즐기는 편입니다."

"맞아요. 그래서 그게 고스란히 전해집니다. 제삼자로서 캐릭터를 '연구'하고 '평가'하는 것 같아요. 우드 씨에게 캐릭터가 스며들질 못합니다. 물과 기름처럼."

우드는 망치로 머리를 한 대 얻어맞은 얼굴로 서 있었다. 지호의 말은 자신이 지금껏 넘지 못했던 장벽, 자신의 연기에 만족하지 못했던 이유이기도 했다. 오늘 자신을 처음 만난 지호가 그 핵심을 짚어내자 우드는 바짓가랑이라도 붙들고 싶은 심정이 됐다. 마치 중요한 보석을 빠트린 연못에서 보석을 가진 신선이 솟아난 것만 같았다.

"그, 그럼 어떻게 해야 합니까?"

"저도 정답을 알고 있진 못해요. 실은 그래서 고민이 됩니다."

지호는 말을 이었다.

"우드 파이슨 씨는 겉으로 봤을 때 완벽해요. 제가 원하는 조건을 모두 갖춘 분이죠. 하지만 연기가 부자연스럽다면 물거품이나 마찬가지입니다."

지호는 혼란스러운 상태였다. 과연 자신이 우드에게 연기 지도를 할 수 있을지 확신이 서지 않았다. 연기를 해본 적도 없는 감독이 배우를 지도한다?

'어림없는 일이지.'

하지만 우드의 비주얼을 포기하기 아까운 것도 사실이었다. 그의 표정 하나까지 내용에 완벽히 부합했기 때문이다. 단 한 가지, 대사를 칠 때 부자연스러운 연기가 마음에 걸렸다.

"오디션 결과는 따로 연락드려도 괜찮을까요?"

우드는 고개를 끄덕였다. 무명 배우는 거절과 친해져야만 한다. 기약 없는 기다림도 숙명이나 다름없었다.

"알겠습니다! 연락주세요."

그렇게 대답한 우드는 해맑게 웃었다.

*   *   *

기숙사에 돌아온 지호는 노트북 앞에서 같은 동영상을 돌려보고, 또 돌려봤다. 예능 프로그램 '신기방기'에서 우드 파이슨이 나온 분량을 반복해 시청하고 있는 것이다.

한 번, 두 번… 화면 속 우드를 몇 번이고 관찰했다. 그 결과 다른 재연 배우들과 달리 그가 매 회마다 '새로운 시도'를 하고 있다는 사실을 깨달을 수 있었다.

'매번 비슷한 역할을 하는데도 불구하고 느낌이 미세하게 달라.'

다른 건 몰라도, 우드는 자신의 잠재력을 찾고 싶은 의지가 있는 배우였다. 그런 판단을 내린 지호는 다시 한 번 같은 장면을 되감았다.

한편, 완전히 몰입해 있는 지호의 뒤통수를 빤히 보고 있던 성진이 물었다.

"왜 똑같은 걸 계속 보는 거냐? 노이로제 걸리겠다."

하지만 지호는 헤드폰을 쓰고 있어서 듣지 못했다. 그는 보고 있던 장면이 모두 돌아간 후 한숨을 내쉬었다.

"후."

우드의 고질적인 문제점이 과연 하루아침에 고쳐질 수 있을까? 고쳐질 수 있다고 해도, 고치는 방법을 모른다.

'하지만 캐릭터가 너무 아깝잖아.'

지호는 미련을 버리지 못했다. 우드의 이미지가 마치 이번 시나리오를 위해 태어난 사람처럼 딱 들어맞는 것이다. 한국에서 그런 느낌의 배우를 섭외하긴 쉽지 않았다.

'무슨 방법이 없을까?'

지호는 고민에 빠졌다. 현재 오디션 진행도 일시 정지를 해둔 상태였다. 째깍, 째깍. 결정해야 할 시간은 쉼 없이 다가오고 있다. 초조한 얼굴로 헤드폰을 벗는 그의 귓가로 성진의 목소리가 들려왔다.

"…냐?"

고개를 돌린 지호가 물었다.

"뭐라고? 안 들렸어."

"저 흑형이 네 시나리오 배우냐고 했다."

마침 지호가 부탁한 콘티를 그려주고 있던 성진은 화면 속 우드의 정체를 단번에 알아봤다.

지호는 고개를 끄덕였다.

"응. 우드 파이슨이라고. 주연 후보."

"왜 후보야? 이미지는 딱인데?"

"음, 대사가 어색해."

"흠. 넌 너무 기준이 까다롭다. 욕심이 많아."

성진은 지호의 눈치를 슬쩍 살피며 제안을 하나 했다.

"〈완벽한 인생〉에서 '여자' 역할을 했던 아리 양을 만나게 해 준다면 내 기꺼이 문제를 해결해 주지."

"네가? 에이, 그럴 리가."

"흥. 진짜다! 대신 아리 양을 소개해 준다면!"

성진이 고집하는 '아리 양'은 유나를 말함이었다.

지호는 망설이다가 답했다.

"소개는 힘들 것 같고, 네 말이 정말 도움이 된다면 만나게 는 해줄게."

"오오! 정말인가?"

성진은 얼굴이 붉게 상기돼 제안이랍시고 떠들었다.

"더빙을 하는 거다. 애니메이션과인 내가 기꺼이 도와주지!"

"야, 죽을래?"

짤막하게 대답한 지호는 더 들어볼 것도 없다는 듯 다시 헤드폰을 뒤집어썼다.

그 순간 성진이 괴성을 지르며 끼어들어 지호의 노트북 키보드와 마우스를 마구 누르고 흔들며 방해했다.

"으아아아악! 내 말 좀 들으라고! 대답 좀 하라고!"

지호는 화들짝 놀라 헤드폰을 벗으며 외쳤다.

"갑자기 왜 이래? 이게 미쳤나!"

한바탕 소란을 피운 성진은 재빠르게 현관문을 열고 맨발로 도망가 버렸다.

달칵. 지호는 현관문을 잠가버렸다.

이제 들어오지 못할 것이다.

"에이, 미친놈."

일단 도망치고 본 성진이 현관문을 두드렸지만 지호는 열어주지 않았다. 그는 헤드폰을 뒤집어쓰며 화면을 보았다.

성진이 난리를 치는 통에 뭐가 잘못 눌렀는지, 우드의 연기 영상 대신 바탕 화면에 저장해 두었던 영화가 흘러나오고 있었다. 지호가 수 십, 수 백 번 돌려봤던 영화였다.

'…엄마.'

지호는 멍하니 영상을 바라보았다.

그곳에서 나오고 있는 여인. 지호의 어머니 김희수다.

지호는 영화를 통해 어머니의 어린 시절부터 젊은 시절, 그리고 자신의 기억 저편에 희미한 모습까지 모두 볼 수 있었다. 어머니가 출연한 영화를 볼 때면 늘 어머니의 눈빛을 유심히 들여다보았다. 극중에서 연기하는 배역의 감정 너머에 따뜻한 불씨가 일렁이고 있었다. 착각일지도 모르지만, 화면 속 어머니를 이해할수록 배우란 직업을 이해하게 됐다. 영화는 배우의 삶을 말해준다. 영화는 배우가 걸어온 족적을 남기고 있었다.

넋이 나가서 영화의 한 장면을 보고 있던 지호는 순간, 머릿속을 번뜩 스치는 깨달음이 있었다.

'나는 배우의 능력을 단정 지으려 했다. 하지만 내가 우드파이슨을 정의할 수 있을까? 혹시 영화의 완성도에 집착해 정작 중요한 걸 간과했던 것은 아닐까? 성진이의 말대로 내가 과욕을 부린 걸까?'

지호는 '세계 영화사' 시간에 들었던 인물이 떠올랐다.

엘리아 카잔(Elia Kazan)은 말했다. 유명한 감독까지 대부분의 감독들이 배우들을 동료로 껴안기는커녕 함께 있기를 두려워한다고.

그 말이 맞다. 지호 역시 자신의 상상을 그대로 실현시켜줄 완성된 배우를 원할 뿐, 배우와 교감하며 시너지를 발휘하려 하지 않고 있었다. 지호는 은연중에 배우와 의견 마찰이 생길 것을, 또는 영화의 실패를 두려워하고 있었던 것이다. 정작 그 자신도 완벽하지 않으면서 말이다.

"완벽한 배우를 찾을 수 있을 리가 없잖아."

중얼거린 지호는 먼저 머릿속에서 자신이 상상한 시나리오 상의 캐릭터를 지워버렸다. 그 대신, 우드 파이슨을 떠올렸다.

'어차피 캐릭터를 연기하는 건 배우의 몫이야. 캐릭터를 만드는 것도 배우의 몫이다.'

지호는 마음을 정했다.

우드의 이미지가 캐릭터와 맞다. 그는 노력하는 배우다.

이 두 가지면 충분했다.

Chapter 5
NFTS Ticket

지호는 우드 파이슨에게 전화를 걸었다. 긴 연결음 끝에 수화기 너머에서 우드의 밝은 음성이 들려왔다.

　―오! 설마 저에게 불합격 소식을 전하려고 전화를 한 건 아니겠죠?

　물론, 불합격이었다면 문자를 보냈을 것이다.

　미소 띤 지호가 대답했다.

　"에이, 그럴 리가요. 앞으로 잘 부탁드립니다. 우드 파이슨 씨."

　―하핫! 이제 한 가족이 됐는데, 편하게 우드라고 부르셔도

됩니다!

"알겠습니다, 우드 씨."

흔쾌히 수긍한 지호가 본론을 꺼냈다.

"참, 제가 전화드린 이유는 리허설 일정 때문이에요."

—리허설이라니, 기대되는군요!

"이번 주 토요일 오후 세 시까지 한국예술대학교 영상원 B동으로 오실 수 있나요?"

—하핫. 물론입니다. 빨리 토요일이 오기만을 바랄 지경이에요.

우드의 능청스러운 음성을 듣자 피식 웃음이 나왔다.

"알겠습니다. 그럼 그때 뵐게요!"

전화를 끊은 지호는 감회가 새로웠다.

불과 3년 전, 자신은 양동휘 교수의 부름을 받고 영상원 B동으로 왔었다. 〈완벽한 인생〉 촬영을 하며 편집실을 몰래 썼던 기억도 났다. 그랬던 자신이 어느새 한국예술대학교에 입학해 배우를 영상원 B동으로 불러들인 것이다.

지호는 설레는 마음으로 노트북 화면을 보았다. 그곳에는 이번 영화의 대본이 떠 있었다. 내용은 빼곡한데 맨 윗줄 제목란만 텅 비어 있다. 깜빡이는 커서 표시를 보며 한참을 고민하던 그는 마침내 키보드에 손을 올렸다.

'제목은……'

이번 작품을 통해 우드 파이슨이란 배우를 만났다. 이번 작품의 성패도 우드의 손에 달렸다. 촬영이 시작되면 지호가 할 일은, 우드를 응원하는 일뿐이었다. 마치 검은 그림자처럼.

"〈블랙 우드〉."

지호는 배우 우드 파이슨의 그림자. 즉, 검은 나무를 뜻하는 제목이 썩 마음에 들었다.

*   *   *

토요일 오후 2시 50분경 전화벨이 울렸다.

영상원 B동 빈 강의실에 앉아 있던 지호는 전화를 받았다.

"네! 우드 씨. 도착하셨나요?"

─하핫, 지금 막 영상원 B동에 들어왔습니다!

"잘 찾아오셨네요! 2층으로 올라오셔서 207호 강의실로 들어오시면 됩니다."

전화를 끊은 후 머지않아 우드가 강의실 문을 열고 들어서며 두 팔을 활짝 펼쳤다.

"오, 합격 소식을 받은 뒤 얼굴을 뵈니 더욱 반갑네요!"

가볍게 포옹한 지호가 물었다.

"하하, 그러게요. 그동안 잘 지내셨죠?"

"물론이죠. 평일에는 '신기방기' 녹화하고, 인형극 아르바이트를 했어요. 하하!"

"바쁘게 지내셨네요."

씨익 웃는 지호를 보며 이번에는 우드가 물었다.

"그나저나 왜 대본을 보내주지 않은 건가요?"

이미 몇 차례나 했던 질문이다. 그때마다 지호는 번번이 '대본 없이 진행할 생각입니다'라고 대답하며 보내주지 않았다. 리허설을 하자면서, 이상한 일이었다.

지금껏 우드의 궁금증을 선뜻 해결해 주지 않던 지호는 이제야 이유를 밝혔다.

"지금부터 정해진 시나리오 없이 상황극을 할 생각이에요. 시나리오상의 상황을 제시하면 편하게 연기를 해주세요. 의논해서 대본을 고쳐나갈 생각입니다."

며칠 동안 지호가 밤잠을 설치며 고안해 낸 해결책이었다. 이는 '정해진 대사'에 좀처럼 적응을 못하는 어린 아역배우들을 대상으로 진행하는 연기 연출법이기도 했다.

한 가지 예로 국내와 해외에서 큰 인정을 받은 윤가은 감독도 이러한 연출법을 애용했다. 그녀는 〈손님〉〈콩나물〉〈우리들〉까지 어린아이들을 주제로 한 영화를 만들어왔는데, 매번 아역배우들의 연기를 끌어내는 데 성공적인 결과를 얻어냈었다.

지호도 이 같은 연기 연출법을 우드에게 원용했다. 우드의 악습관은 장시간 고착화됐기에, 아역들이 대사에 적응을 못하는 것과 별반 다르지 않다는 판단을 내린 것이다.

반면 우드는 충격을 받았다. 듣도 보도 못했던 방식이었기 때문이다.

"상황극을 통해 대사를 만든다고요?"

"그래요. 전에 말했듯이 저는 우드 씨의 버릇을 고쳐 드릴 수 없습니다. 몸에 밴 악습관을 탈피할 수 있는 사람은 오로지 우드 씨 자신뿐이에요."

"후우! 알겠습니다. 한번 해보죠!"

우드가 흔쾌히 응했다.

지호는 강의실 책상에 걸터앉아 시나리오를 읽어주었다.

"주인공 '우드'는 공항에 내립니다. 처음 한국에 왔을 때를 상상해 보세요. 입국수속을 마치는 장면이 아주 짧게 나오고……."

친절하고 나긋나긋한 목소리가 우드 귀에 쏙쏙 들어왔다.

20분 분량의 영화에 등장하는 사건은 크게 세 가지였다.

첫째, 우드가 렌터카를 몰다가 과속으로 한국 경찰에게 걸린다. 두 손을 핸들에 올리고 고개를 푹 숙이고 있는 우드. 경찰이 웃으며 뭐라고 말하자 얼굴이 사색이 되더니 바닥에 엎드리기 시작한다.

둘째, 한밤에 24시 편의점을 보고 신기해하는 우드. 숙소에 들어가 잠을 청하는데, 시끄럽게 우는 매미 울음소리에 귀를

틀어막으며 뒤척인다. 결국 일어나 새벽 4시에 햄버거를 주문하는 우드. 30분 만에 배달이 온다.

셋째, 다음 날 새벽 포장마차에서 한국인 친구를 만난 우드. 해삼과 멍게, 개불, 낙지 등을 보고 아연실색한다. 우드는 친구에게 벌칙 게임이냐고 되물어보는데.

딱 세 장면을 연기하는 데 7시간이 넘게 걸렸다. 우드는 지호를 앞에 두고 이렇게, 저렇게 대사를 만들어봤다. 두 사람은 강의실이 떠나가라 웃으며 작업을 했다.

"정말 최고예요!"

우드는 엄지를 추켜세웠다.

"다 제가 한국에 처음 왔을 때 신기해했던 것들이에요. 별생각 없이 지나쳤던 일들인데, 역시 천재는 다르네요."

우드는 진심으로 감탄하고 있었다. 수상 경력을 보고 대충 예상은 했지만 직접 함께 작업하는 내내 지호의 발상이 범상치 않다는 생각이 들었던 것이다. 이런 평범한 스토리를 가지고도 이토록 톡톡 튀는 각본을 쓸 수 있다니. 아마 NFTS 교수들이 이 영화를 보게 된다면 분명 반할 거라는 확신이 들었다.

한편 지호는 짜릿한 깨달음을 얻었다.

'연출도 일종의 각색 작업이다.'

작가의 직함이 아닌 감독의 직함을 가졌다면 변형 작업은 반드시 필요하다. 배우의 적극적인 개입에 위협감을 느껴선 안 된다. 배우와 협력함으로써 비로소 문자에 숨결을 불어넣고 삶으로 이끌어낼 수 있는 것이다.

* * *

〈블랙 우드〉 첫 촬영 당일. 1, 2교시 수업을 들은 지호는 해조와 함께 점심을 먹었다.

그때, 같은 강의를 들은 학생들이 두 사람을 보며 수군댔다.

"1학년들 중에 유일하게 공모전에 참여한다지?"

"2학년 선배들 시선이 아니꼽던데."

"하긴, 너무 좋은 기회잖아. NFTS에 교환학생으로 갈 수 있는 기회라니!"

"신지호 정도면 선배들이라도 긴장 탈 만도 하지."

아예 3, 4학년들은 관심이 없었다. 반면 2학년들이 가장 유력한 후보였다. 1학년들은 대개 아무것도 할 줄 모르는 풋내기였기 때문이다. 그런데 지호라는 복병이 등장했다. 영화계의 유망주들이 대거 모여드는 등용문, 미쟝센 영화제에서 최우수상을 받은 지호는 2학년들에게 강력한 위협이 됐다. 이미 수업 시간 때 담당 부교수를 망신 줄 만큼 수준 높은 실력으로 정평이 나 있었던 것이다.

그 순간, 같은 과 동기인 규만이 두 사람이 앉아 있는 테이블로 접근해 은근슬쩍 엉덩이를 붙이며 물었다.

"여기 앉아도 되지? 아직 한 번도 정식으로 인사를 못 했네."

그는 어깨를 으쓱이며 덧붙였다.

"난 최규만. 알지? 우리 같은 수업 듣는데."

지호는 고개를 끄덕였다.

"안녕. 난 신지호."

"연출과에서 널 모르는 사람이 어디 있겠어? 구해조도 너랑 같이 다닌다는 이유만으로 덩달아 유명해졌는걸."

해조의 이름이 나오자 지호는 조금 민감하게 반응했다.

"그렇게까지 남 일에 관심이 많을 줄은 몰랐는데."

안 그래도 자신과 함께 다닌다는 이유만으로 해조는 여러 낭설에 휩싸였다. 하지만 너무 터무니없는 헛소문이었기에 지금까진 따로 해명한 적이 없었다.

소문의 내용은 해조가 기준에 못 미치는 성적으로 지호 덕에 특혜를 받았다는 말부터, 고등학교 시절 지호에게 꼬리쳤다는 헛소문까지 다양했다.

"그래서, 무슨 일로?"

지호가 까칠하게 나오자 규만이 능청스럽게 대답했다.

"에이, 너무 그렇게 예민하게 굴지 마. 너랑 친해지고 싶은 것뿐이니까. 근데 구해조랑은 진짜 사귀는 거야?"

규만은 내색하지 않았지만 지호는 이미 소문의 진원지를 알고 있었다. 이미 몇몇 동기들이 카더라 식으로 지나가듯 말해준 적이 있었기 때문이다. 지금까진 무시해왔지만, 소문을 만들어낸 이들에 속하는 규만이 먼저 말을 걸자 기분이 상했다.

더구나 지호는 이미 현수 사건을 포함해 누군가의 반감에 이골이 난 상태였다. 경험상 느낀 바에 따르면, 이런 감정은 발견 즉시 아예 싹을 잘라놔야 한다. 안 그러면 눈덩이처럼 불어나 귀찮게 한다.

결심한 지호는 수저를 내려놓고 천천히 입을 열었다.

"남 일에 관심 많고 떠들기 좋아하는 사람치고 실력 있는 사람이 없더라고."

"뜬금없이 무슨 소리야?"

"근래 한국영화의 가장 큰 문제점이 뭔 줄 알아? 대부분의 작품에서 인물이 안 보인다는 점이야. 인물의 매력, 삶, 감정 등을 관객에게 전달하지 못하지. 바로 너처럼."

당황한 규만은 자신을 가리키며 되물었다.

"지, 지금 그거 나 들으라고 하는 소리야?"

지호는 아무렇지 않게 대답했다.

"응. 지난번 '이야기의 역사' 시간에 서로 시놉시스를 돌려봤었지? 이제와 하는 말이지만, 네 작품에도 이런 문제점이 고스란히 들어 있더라고. 인물이 전혀 안 보였어."

또랑또랑한 음성을 들은 식당 안 동기생들의 시선이 하나 둘 모여들었다.

그러자 규만의 얼굴이 붉게 달아올랐다.

"너 지금 나한테 훈계하는 거냐?"

"좋을 대로 생각해."

지호가 규만으로부터 시선을 돌리며 주변 학생들에게 말했다.

"다들 괜한 소문 내지 않아줬으면 좋겠다."

식판을 들고 일어난 그는 규만을 지나쳐 식당을 나갔다. 나직이 한숨을 내쉰 해조 역시 자리에서 일어나 뒤따라 나섰다.

'결국 이렇게 됐네.'

사실 해조는 그동안 계속 조마조마했다. 그녀라고 듣는 귀가 없는 게 아니었다. 다만 자신이 나선다고 해결될 일 같지도 않았을뿐더러, 괜히 나섰다가 일이 커지면 지호가 나설 것을 예상했기 때문이다. 지호는 평소에는 얌전해도 때때로 과감하고 단호한 면을 보여줬다.

남들은 엄두도 못 낼 일을 척척 해내며 영화 한 편을 만들어낸 것만 봐도 알 수 있었다. 그 점을 상기하고 지호 곁에 다가간 해조가 조심스레 물었다.

"너무 과했던 거 아니야? 애들 앞에서 망신당한 최규만이

가만히 있겠어?"

"괜찮을 거야."

지호는 대수롭지 않게 말했다.

매년 열리는 워크숍에선 학년 별로 최우수 작품을 뽑아 학교 측에서 제작 지원을 해준다. 규만도 실력이 출중한 지호와 친해져서 한 팀을 짜고 싶은 생각으로 접근했을 테고, 당장에 반감을 표하진 않을 터였다.

하지만 해조는 여전히 걱정이 됐다.

'정말 지호의 말대로 괜찮을까?'

지금까지 동기들은 지호에게 열등감을 가지고 있으면서도 필요에 의해 살갑게 대했다. 한국예술대학교 연출과의 시스템은 경쟁의 연속이었기 때문에 압도적인 실력을 가진 자는 동기들에게 어떻게든 가까워져야 하는 존재였다.

*　　　　*　　　　*

한 달이 넘도록 우드와 리허설만 주야장천 한 지호는 스케줄을 꼼꼼히 체크했다. 공모전까지 채 일주일도 남아 있지 않았다. 이제 남은 기간은 단 5일.

촉박한 일정에도 불구하고 여유롭게 스케줄 표나 짜고 있는 지호를 보던 성진이 대뜸 물었다.

"5일 후 공모전 접수라며? 아무리 너라도 기간이 너무 촉박한 거 아니냐?"

누가 봐도 20분짜리 영화를 만들기에는 턱없이 부족한 시간이었다. 그러나 지호는 자신 있게 대답했다.

"괜찮아. 삼 일 동안 촬영하고, 이틀 안에 편집 끝내면 돼."

"엥? 그게 가능하다고?"

성진이 눈을 동그랗게 뜨고 덧붙였다.

"말도 안 돼! 촬영은 그렇다 치고… 미리 정해둔 장면 삽입과 배열만 해도 그것보단 더 걸리겠다."

애니메이션학과인 그 역시 편집의 어려움을 잘 알고 있기에 던진 우려였다.

그럼에도 지호는 여전히 의미심장한 미소를 띤 채 어깨를 으쓱였다. 물론 성진의 말대로 보통 사람이라면 불가능할 것이다. 하지만 준비된 배우 우드와, 섬광 기억을 이용해 시행착오 없이 장면 편집이 가능한 자신이 만난다면 충분히 할 수 있을 거라는 확신이 있었다.

잠시 후, 지호가 대답했다.

"너만 도와주면 돼."

"그건 또 무슨 소리야?"

성진이 묻자 지호는 스케줄 표에 적혀 있는 로케이션 리스트(Location list)를 건넸다. 다행히 촬영 장소 섭외는 모두 마친 상태였다.

목록을 살펴보던 성진이 혀를 내둘렀다.

"오올, 쩐다! 시놉시스 짤 때부터 장소 섭외가 어렵지 않은 곳으로만 썼네?"

그 말이 맞았다.

먼저 따로 섭외가 필요 없는 공항, 도로, 편의점, 포장마차가 있었다. 목록 중 유일하게 섭외가 필요한 장소는 '우드의 숙소'. 이마저도 기숙사 2인실을 게스트하우스처럼 꾸미면 된다. 하지만 그러려면 방을 함께 쓰는 성진의 동의가 필요했다.

그를 보며 지호가 물었다.

"보다시피 게스트하우스가 필요해. 그 장소를 우리 기숙사로 잡을까 하는데, 룸메이트로서 협조해 줄 거지?"

"음. 고민 좀 해봐야 될 것 같은데. 네가 영국으로 가버리면 난 새로운 룸메이트와 지내게 될 수도 있잖아."

"내가 그렇게 좋냐?"

성진은 단호하게 고개를 저었다.

"아니. 넌 고등학교 때부터 지금까지 항상 눈코 뜰 새 없이 바빴어. 결과적으로 기숙사에서는 잠만 자니까 나는 1인실을 쓰는 거나 다름없지. 근데 새로운 룸메이트가 배정되면 이 평화가 깨질 수도 있잖아?"

"와, 이기적인 새끼."

"새에끼? 갑자기 내 방을 촬영장으로 만들겠다는 네 야심이 마음에 들지 않는군."

"그럼 됐다. 다른 사람한테 물어보지, 뭐."

깔끔하게 포기한 지호가 혼잣말처럼 중얼거렸다.

"어디 보자. 우리 과 3학년 김기철 선배도 있고, 연기과 2학년 용빈이 형도 있고……."

"에헴!"

크게 기침을 한 성진이 끼어들며 인심 쓰듯이 말했다.

"조, 좋아. 촬영 장소는 기꺼이 협조해 주지! 대신 영국 가기 전에 한 턱 쏴라!"

전세역전에 성공한 지호가 씨익 웃었다.

"그건 생각 좀 해볼게. 어차피 공모전 당선이나 영국행이 결정된 것도 아니니까."

그 말을 들은 성진은 헛웃음을 뱉었다.

"네가 안 뽑히면 누가 뽑혀?"

※   ※   ※

다음 날.

촬영 현장에 우드가 먼저 도착해 있었다.

"공항은 오랜만이군!"

두리번거리며 오가는 사람들을 구경하고 있을 때, 지호가 도착했다. 그는 마이크가 부착된 HD캠코더를 들고 있었다.

"오오! 카메라가 귀엽네요."

우드의 감탄사를 들은 지호는 자신이 들고 있는 캠코더를 보며 피식 웃었다.

"NFTS에서 지정한 카메라로 촬영해야 하거든요. 렌트하는 비용이 비교적 저렴하긴 하지만, 그래도 조심히 다뤄야 해요."

"음? 개인이 사비로 렌트를 한 건가요?"

"네. 학교 장비는 수량이 정해져 있으니까요."

연출과 학생들의 상황은 그리 여유롭지 못했다. 워크숍 기간 땐 촬영 장비를 선점하기 위한 경쟁이 심심찮게 벌어졌다. 이 전쟁터를 방불케 하는 경쟁률을 뚫는 이들은 대부분 3, 4학년이었다. 1, 2학년들은 워크숍 기한을 맞추기 위해 사비를 털어서 촬영 장비를 빌리고 영화를 찍는 일이 빈번했던 것이다.

이러한 현실을 떠올린 지호는 씁쓸한 미소를 지었다. 자신 역시 미장센 영화제에서 받은 상금 500만 원을 예산으로 잡았다. 냉정한 이야기지만, 금전적으로 넉넉하다는 자체만으로도 다른 경쟁자들에 비해 유리한 위치를 선점한 셈이었다.

구구절절한 설명을 생략한 지호가 화제를 돌렸다.

"오늘 컨디션은 어떠세요?"

"오우! 최곱니다!"

우드가 곰 같은 덩치로 힘차게 답했다.

고개를 끄덕인 지호가 활짝 웃었다.

"그럼 바로 촬영 들어갈까요?"

그리고 이내 촬영이 시작됐다.

한 달 간의 리허설로 인해 우드의 방식은 많이 달라져 있었다. 그는 매일 걷는 산책로를 걷듯이 편안한 연기를 보여주었다.

지호는 선글라스를 쓴 우드를 공항의 적당한 위치에 세워 두고 단축달리(Contract dolly)로 촬영했다. 배우가 카메라를 향해 움직이는 동시에 카메라도 앞으로 움직이는 것이다. 이는 주로 단순한 동작을 더욱 극적으로 만드는 데 사용되는 기법이었는데, 두 상반된 움직임이 인물의 움직임에 긴장감을 증대시켰다.

미리 생각해 둔 방법으로 첫 장면을 촬영한 두 사람은 공항 앞에서 미리 예약해 둔 렌트카를 인수해 한적한 아스팔트 도로로 이동했다.

그사이, 지호는 조수석에 앉아 촬영을 시작했다. 카메라를 운전석 앞에 달지 않고 조수석에서 손수 들고 촬영하는 이유는 관객을 관찰자로 만들기 위해서였다. 이런 방법은 자칫 과할 경우 답답함과 어지러움을 선사할 수 있었지만, 잘만 활용하면 생동감과 몰입도를 높일 수 있었다.

그때 차를 세운 우드가 물었다.

"경찰관 역할의 배우들은 어디 있죠?"

"그게, 좀 애매해요."

지호가 살짝 웃으며 말을 이었다.

"주인공 외에 다른 배우가 나오면 안 되거든요."

"What? 그게 무슨 소립니까? 그럼 어떻게 이 장면을 촬영하죠?"

우드는 뜨악한 표정으로 어쩔 줄 몰라 했다.

순간 지호가 자신이 메고 온 커다란 가방에서 미리 준비한 경찰 제복 한 벌을 불쑥 꺼내들었다.

"경찰관 역할은 제가 해야죠. 단, 1인칭 시점으로 촬영할 거예요. 다른 배우가 등장했다고 할 수 없도록."

기발한 아이디어에 우드는 고개를 세차게 끄덕였다.

"발상이 너무 참신하군요! 전 이대로 촬영을 접어야 하나 걱정했는데. 왜 이제 와서 말해주는 겁니까?"

"안 그래도 상대역을 신경 쓰지 않고 연기를 해서 문제가 됐었으니, 리허설 땐 상대가 없다는 걸 미리 말해주지 않는 편이 우드 씨 연기의 부족한 점을 고치는 데 도움이 될 거라고 생각했어요."

"음……."

우드는 수긍하는 눈치였다.

상황이 해결되자 바로 촬영이 재개됐다.

지호는 두 가지 일을 병행해야 했으므로 손발이 분주해졌다. 먼저 우드 분량을 찍었다. 핸들에 두 손을 올리고 고개를 푹 숙이는 장면, 얼굴이 사색이 되더니 차에서 내려 바닥에 엎드리는 장면까지 모두 촬영한 것이다. 그다음 스스로 경찰 역할이 되어 경찰 제복과 창문을 똑똑 두드리는 손의 움직임, 웃으며 뭐하냐고 말하는 대사까지 직접 촬영을 했다.

진땀을 흘리며 모든 촬영을 마친 지호가 차에 타서 방금 찍은 장면들을 우드에게 보여주었다. 과연 이 방법이 통할지 긴가민가했던 우드는 그만 입을 막고 놀랐다.

"Wow! Gee! 어떻게 이럴 수가 있죠?"

"저도 의외네요."

지호는 대수롭지 않게 말을 이었다.

"실은 이 방법이 먹힐지 저도 몰랐거든요. 정형화된 기법도 아니고… 대충 이것저것 짬뽕해서 써본 건데. 이제 편집만 잘하면 제법 그럴싸하겠어요."

"어서 완성본을 보고 싶네요!"

이때 갑자기 떠오른 듯, 우드가 물었다.

"그런데 경찰차는 어떻게 찍을 건가요?"

"그건 별문제가 안 돼요. 비슷한 아스팔트 도로변에 서 있는 경찰차를 백미러로 찍어서 보여줄 생각이니까요."

지호는 창문으로 들어오는 주황색 빛깔을 보고서야 시간을 인식했다. 어느새 노을이 지고 있었던 것이다.

우드 역시 놀란 듯했다.

"와우, 벌써 시간이 이렇게 됐네요! 오늘 밤 안에 편의점과 포장마차 씬까지 촬영할 수 있겠는데요?"

그러나 지호는 고개를 저었다.

"옛 속담에 '급할수록 돌아가라'는 말이 있죠. 저도 오늘 밤에 기법 연구를 좀 해볼게요. 우드 씨도 새로운 뭔가를 보여 주세요."

"숙제인가요?"

"네. 숙제예요."

두 사람은 동시에 웃었다.

우드는 지호를 보며 조급했던 마음이 덩달아 편안해졌다.

'보통 사람이면 안달을 낼 수밖에 없을 텐데.'

도대체 저런 여유는 어디서 나오는 건지 궁금했다. 장장 한 달 동안 리허설만 할 때에도 전혀 서두르는 기색이 없었다. 그 덕분에 기한이 점점 다가오는데도 마음 편히 리허설에 매진할 수 있었다.

'하지만 과연 기한 안에 맞출 수 있을까?'

촉박한 건 지금도 마찬가지였다.

그리고 여전히, 지호는 서두르지 않는다.

그 누구라도 선뜻 이해하기 힘든 상황인 것이다. 한참을 망설이던 우드는 자신도 한 배를 탄 사람으로서 조심스럽게 물어보았다.

"저, 이제 닷새도 남아 있지 않은데 너무 과하게 여유를 부리는 것 아닌가요? 대범한 자세는 좋지만… 어떻게 할 생각인지 궁금합니다. 별도로 생각해 둔 바가 있는 건가요?"

"서둘러서 시간이 단축되고 작품의 질이 올라간다면 서두르겠죠."

빙그레 웃은 지호가 말을 이었다.

"하지만 조급해할수록 실수가 생깁니다. 대충 서두를 바에는 단번에 정확하게 끝내는 편이 낫다고 생각해요. 어느 정도 익숙해질 수 있도록 리허설 기간을 길게 잡은 것도, 턱밑까지 시간에 쫓겨서 촬영을 시작한 것도 그러한 이유예요."

"인내심만은 올해 20년 차 프로듀서인 '신기방기' 연출 수준이군요. 어떻게 그리 노련할 수 있죠?"

"처음 영화를 찍을 때 배웠거든요."

그 말처럼 지호는 〈완벽한 인생〉을 촬영하며 많은 아쉬움이 남았다. 나중에 돌아보니 강행군으로 점철된 스케줄로 인해 더 좋게 나올 수 있는 장면들을 건지지 못했다는 생각이 들었다.

'과연 이번 작품은 만족할 수 있을까?'

자문했지만 확신이 없었다. 입술이 바싹바싹 말랐다. 머릿속에 떠오른 시나리오는 하나하나 영상화되어 사라지는데 매번 촬영이 끝나면 아쉬움이 남았다. 그때마다 아이디어를 촬영 기술이 따라가지 못하는 것 같은 느낌이 들었다. 지호의 동기들이 듣는다면 거품을 물고 욕할 정도로 배부른 생각이었다.

한편 우드는 심장 한쪽이 저릿저릿 했다.

'…나도 저런 야망과 꿈이 있었는데.'

그는 어려서 부모님과 함께 한국으로 왔다.

남들과 다른 외모로 학창 시절을 보낸다는 건 쉬운 일이 아니었다. 어떻게든 친구를 사귀고 싶어 연극을 시작했다. 연기에 빠져들었을 때까지만 해도 창대한 꿈을 꾸었다. 그러나 세상은 만만찮았고 연기자의 꿈은 번번이 좌절됐다.

스무 살이 되자 집을 나온 우드는 결국 수입을 위해 재연 배우, 어린이인형극, 단역배우 등을 전전했다. 꿈을 잃고 싶지 않아 늘 연기와 관계된 일거리를 찾았지만 점점 꿈과 멀어지고 있는 자신을 발견해 왔다. 오래도록 자기 합리화를 하며 지냈는데, 지호의 모습에 열정이 다시 태동(胎動)하고 있던 것이다.

*   *   *

이튿날엔 나이트 씬(Night scene: 밤 장면)을 찍었다. 24시간 편의점을 보며 깜짝 놀라는 장면, 게스트하우스(한국예술대학교 기숙사)에서 귀를 막으며 뒤척이는 모습이 담겨졌다. 다만 아직 매미가 울기에는 계절이 일렀기 때문에 매미 울음소리는 음향효과로 대체하기로 했다. 그다음 벌떡 일어난 우드는 벽에 붙은 전단지를 보고 햄버거를 주문했다. 촬영을 마친 그들은 실제로도 햄버거를 주문해 야식으로 먹었다.

셋째 날도 저녁에 만나 촬영을 시작했다. 지호와 우드는 포장마차에서 해삼, 멍게, 개불, 낙지 등을 시켜놓고 시나리오에 나와 있는 대로 상황극을 벌이며 술을 한잔했다. 그 모습을 고스란히 카메라로 담아냈다.

촬영을 마쳤을 땐 썩 만족스러운 결과물이 나와 있었다. 촬영 전, 한 달에 걸친 상황극 형태의 리허설이 빛을 발한 것이다. 포장마차에서 술잔을 기울이며 삼 일 동안 촬영한 장면을 함께 돌려본 우드의 눈빛이 별처럼 반짝였다.

"제 연기 인생에 큰 전환점을 맞은 것 같습니다. 얼마나 기쁜지 상상도 못할 거예요. 정말 감사합니다! 이 은혜를 어떻게 다 갚아야 할지……."

자신이 오래도록 허물지 못했던 장벽을 지호가 함께 밀어 무너뜨려주었다. 그로 인해 한계에 걸려 있던 실력이 한 단계 더 성장했고, 마음 속 깊이 품고 있었던 창대한 꿈과 열정이

다시 꿈틀거리기 시작했다. 주조연급 배우로서 도약하길 포기하고 연기로 생계비를 충당한다는 사실만으로 위안 삼고 안주하던 자신에 대해 반성할 계기가 되어준 것이다.

"잊지 않겠습니다. 제가 필요하면 언제든 불러주세요. 아, 그리고 개런티는 사양하겠습니다."

"아니에요. 개런티를 지급하는 편이 저도 마음이 편해요. 언제든 불러달라는 마음만 감사히 받을게요."

"알겠습니다. 정말이에요! 언제 어디서든 불러주시면 역할 관계없이 달려가겠습니다!"

"제가 정말 인복 하나는 타고났나 봐요. 우드 씨가 곁에 있어서 든든하네요."

"하하하! 고마워요. 그나저나 이번 영화 제목에 제 이름이 들어가게 돼서 그런지, 잘됐으면 하는 바람이 더 크네요."

"완성본은 편집이 끝나는 즉시 메일로 보내드릴게요! 아, 물론 공모전 결과도 바로 알려드리고요."

활짝 웃은 두 사람은 악수를 나누고 가볍게 포옹했다.

*   *   *

'NFTS 교환학생 공모전'을 단독으로 주관하게 된 양동휴 교수는 늦은 저녁, 연구실에 홀로 남아 메일함을 열어보았다.

2, 3학년 학생들 가운데 1학년 응모자는 지호 단 한 명뿐이었다. 작품명은 〈블랙우드〉.

'결국 응모했군.'

양동휘는 미소를 지으며 첨부 파일을 내려 받았다. 영상을 재생하는 순간 기대감에 심장이 뛰었다. 그리고 20분이 흘렀다. 영화가 끝났을 때, 그는 후회했다.

"가장 마지막에 볼 걸 그랬어."

중얼거리는 목소리에 잔잔한 흥분기가 스며 있었다. 분명 잘빠진 영화였지만, 그래도 2, 3, 4학년 작품이라면 이렇게까지 놀라진 않았을 것이다.

1학년은 구도 잡는 법이나 촬영 기법 등을 제대로 배우기 전 기초 단계 과정이다. 그런데 지호는 이미 2, 3, 4학년 이상의 기량을 보유하고 있었다.

'미쟝센에서 최우수상을 받았다고 하지만 이 정도일 줄은…….'

〈완벽한 인생〉에서는 한국예술대학교 내에서도 우수했던 지혜와 기철이 양쪽에서 도움을 주었다. 두 사람에게 지호의 재능에 대한 칭찬을 귀가 따갑게 들었었지만 직접 보지 않고 정확하게 파악하기는 어려웠다. 그저 서재현이 자신에게 보여 준 시나리오를 읽고 난 뒤 지호가 어려서부터 남다른 창의력과 독창성을 지녔다고 믿었을 뿐이었다.

'이런 실력이면 굳이 1학년 과정을 다 마칠 필요가 없겠어.'

영국으로 보내야 할 이유가 생긴 셈이었다. 하지만 편애를 할 수는 없었다. 실력 있는 2, 3학년 학생들과 공정한 심사를 거쳐야 하는 것이다.

그때, 문밖으로부터 노크 소리가 들려왔다.

양동휴는 고민을 미루며 말했다.

"들어오세요."

부교수 이상근이 문을 열고 들어섰다.

"안녕하세요. 교수님."

"그래요. 거기 소파에 좀 앉아요."

양동휴가 두 사람분 커피를 타서 맞은편에 앉으며 물었다.

"내게 할 말이 있다고요?"

"예. 1학년 신지호 학생에 관해 드릴 말씀이 있습니다."

"지호 학생이 왜요?"

이상근은 울상이 된 채 잠시 망설였다. 그러나 이내 입술을 잘근잘근 씹으며 입을 연다.

"지호 학생은 학교에 오지 않고 바로 영화판으로 갔어도 될 뻔했습니다. 카메라 다루는 것만 보면 프로들도 못 따라갈 정도니까요."

"학생의 실력이 뛰어난 게 어떠한 문제가 되나요?"

"예, 교수님. 그… 가르칠 게 없습니다."

"네?"

"한번 곰곰이 생각을 해봤습니다. 제가 대단한 뭔가를 가르쳐 주진 못하더라도, 도움이 될 방법이 없을까 하고요. 그래야 강단에 서기가 창피하지 않을 것 같아서요. 제 결론은 지호 학생에게 도움이 되려면, 본인이 직접 영화를 만들어 볼 다양한 환경을 만들어줘야 한다는 것이었습니다. 안 그래도 지호를 보고 있으면 스승과 제자가 아닌, 저 역시 같은 팀원으로서 영화를 만들고 싶어져요."

양동휴는 이상근의 고민을 이해할 수 있었다. 강단에서 강의를 해야 할 교수가 지호 한 명을 위해 강단을 내려가서 영화를 찍고 있을 수는 없는 노릇이다. 지호는 다른 학생들과 너무 큰 수준 차이가 있고, 현재 진행하는 수업은 그에게 별 도움이 안 된다. 그 점을 누구보다 잘 알고 있는 이상근은 지호와 나머지 학생들 사이에서 일종의 딜레마를 느끼고 있는 것이다.

"부교수의 말이 무슨 뜻인 줄은 알겠습니다. 하지만 우린 개인 교습을 하는 과외 선생이 아니에요. 학생이 이미 안다고 해서 가르칠 게 없다는 건 어불성설(語不成說)입니다. 겸손한 자세로 강의를 듣는다면 알고 있는 사실이라 하더라도 새로운 것을 배울 수 있을 겁니다. 그건 학생 자신의 몫이에요."

말로는 그렇게 타일렀지만 그 자신도 알고 있었다. 지호에게 적합한 환경은 지식 획득을 위한 일방적인 주입식 강의가 아니라는 것을.

"…내가 보기에 이 교수도 충분히 잘하고 있습니다. 지호 학생 한 명으로 인해 흔들리지 말고 본인만의 커리큘럼에 확신을 가지세요."

"알겠습니다, 교수님. 감사합니다."

이상근은 수긍하면서도 맥이 빠져 있었다.

그와 대화를 나누며 양동휴는 지호가 끼치는 영향력에 대해 다시금 생각하게 됐다.

"그렇잖아도 지호 학생은 'NFTS 교환학생 공모전'에 응모한 상태니까, 일단 추이를 지켜봅시다."

*   *   *

지호는 전공과목 서적들을 이미 독파한 것도 모자라 섬광기억을 이용해 밤낮으로 들춰봤다. 그러다 보니 강단에 서는 교수들만큼이나 내용에 빠삭하고 이해도도 높았다.

교수진도 이런 지호를 가르치려면 나름대로 고역이었지만, 지호 역시 같은 진도를 수차례 반복해 듣는 데에 이골이 났다. 교수들이 자신의 생각과 다른 해석을 보여주는 경우는 드물었던 것이다.

'강의를 듣는 게 별로 즐겁지 않아.'

지호는 알게 모르게 슬럼프를 겪고 있었다.

한편 다른 1학년들은 선배들의 작품에 스태프로 참여해 촬영에 대한 것들을 하나씩 배워나가는 중이었다. 사실 이게 처음에나 신기하고 좋지, 계속 하다 보면 촬영 장비 나르는 것부터 시작해서 조명 들고 벌 서는 것까지 허드렛일이 따로 없었다.

선배들에게 실력을 인정받는 대로 여기저기 불려 다니느라 수면 부족에 시달리고, 반대로 인정받지 못할 경우에는 경험을 쌓지 못해 계속 후미 주자로 도태되게 마련인 것이다.

그런데 지호는 아무도 부르지 않았다. 실력이 알려졌기 때문일까? 누구도 자신의 작품에서 주도권을 빼앗기고 싶어하진 않는다. 괴물 같은 후배와 작업한다는 것 자체가 선배들에게는 큰 부담인 것이다.

점심시간, 해조가 입을 열었다.

"신지호, 너랑 1학년 워크숍 작품 같이하고 싶다면서 나한테까지 러브 콜이 들어와. 다들 아우성이라 어느 팀을 선택해야 될지 모르겠네. 나를 네 매니저쯤으로 아는지 도매금으로 같이 부르더라."

"하하. 그랬어?"

지호는 어색하게 웃었다. 그 역시 동기들이 볼 때마다 접근을 해대는 통에 정신이 없었다. 그들 대부분이 부러움과 질투심을 갖고 있겠지만, 겉으로는 더할 나위 없이 친절했다.

동기들이 몰리는 현상은 빛 좋은 개살구 같았다. 겉보기만 그럴듯하고 결과적으로 고민만 더 늘어난 셈이었다.

"참, 그리고 어제 식당에서 기철 선배 만났어. 선배도 그 소리 하던데?"

"기철이 형이?"

"응, 같이 작업하자고."

"나야 완전 좋지!"

지호는 흔쾌히 대답했지만 그렇게 단순한 문제가 아니었다.

선배가 후배 작품을 도와주는 건 흔한 일이다. 단, 이러한 경우 지호가 먼저 기철의 작품을 돕는 것이 순서다. 그리고 이쯤에서 문제가 발생할 가능성이 컸다.

"기철 선배랑 파트너십을 맺으면 경쟁자인 다른 3학년 선배들도 가만히 있진 않을 텐데?"

지호는 쓴웃음을 지으며 대답했다.

"에이, 어차피 2, 3학년 선배들이 나랑 같이 작업하기 싫어하는 거 너도 알잖아."

"막상 기철 선배랑 너랑 작업하는 거 알면 다들 가만히 있지 않을 걸?"

기철과 지호가 함께 작업하게 된다면 경쟁 구도에 있는 다른 3학년들도 손을 내밀 수 있다. 이때 부름에 전부 응하려면 몸이 열 개라도 부족할 테고, 응하지 않는다면 앞으로 따가운 눈총을 받게 될 터였다.

지호는 미간을 찌푸렸다.

"음. 뭔가 애매하네."

동기들만 해도 누구랑 작업을 해야 할지 판단이 서지 않았다. A와 손을 잡으면 B가 서운해할 상황이 불 보듯 빤했던 것이다. 결국 그는 단단히 마음을 먹고 말했다.

"어차피 모두 다 같이 작업할 수는 없잖아? 주변 눈치 보지 말고 기철이 형이랑 같이하자. 그래도 손발을 맞춰봤던 동료가 낫지 않겠어?"

"알겠어. 네 생각이 정 그렇다면 그렇게 하자."

해조는 가타부타 덧붙이지 않았다.

문득 지호는 미안한 마음이 들었다.

'후, 계속 나 때문에 시달리기나 하고.'

입학하자마자 괜한 구설수에 오르내리질 않나, 그 때문에 동기들 틈에 섞여 팀을 짜는 일도 힘들어졌다.

지호가 아무리 동기들 사이에서 평판이 좋다고 해도 남달리 튀는 것은 사실이었다. 그리고 이런 점이 늘 주변을 피곤하게 만들었다. 단적인 예로 청소년기만 봐도 그랬다. 교우 관계는 전혀 문제가 없었지만, 몇몇을 제외하고는 정적으로 깊이 친해지지 못했던 것이다.

'이런 상황도 반복되니 좀 지치네.'

지호는 납덩이처럼 무거운 얼굴이 됐다.

그를 보며 해조는 마음 한구석이 짠해왔다. 영국의 역사 문학가 애드워드 기번(Edward Gibbon)은 말했다. '고독은 천재의 학교'라고.

해조는 지호를 보면 무서우리만치 몰입한 상태에서 시나리오를 써내는 것도, 세상을 자신만의 구도로 바라볼 수 있는 촬영 능력도 모두 고독감의 발로일 것 같다는 생각이 종종 들었다.

사실 그녀가 지호에게 각별한 마음을 가지게 된 것도, 선뜻 자신의 마음을 표현하지 않은 것도 이러한 이유였다. 그러나 이제는 슬슬 속마음을 전해야 할 순간이 다가오고 있었다. 'NFTS 교환학생 공모전' 결과 발표가 여름방학 시즌이었기 때문이다.

*   *   *

양동휴를 비롯한 연출과 교수진이 넓은 원탁에 둘러앉아 있었다. 그들은 하나같이 진중한 표정이었다.

교수들 중 긴 백발을 뒤로 넘겨 묶은 노교수가 입을 열었다.

"2, 3년간 본교의 커리큘럼대로 교육을 받은 학생들이 이제
막 입학한 신입생한테 밀리다니, 조금 씁쓸하군요. 반면에 좋
은 인재가 들어왔다는 사실에 기쁘기도 하고요. 만감이 교차
합니다."

그 말을 들은 교수들이 어쩔 줄 몰라 하는 표정을 지었다.
반면 양동휘는 기분 좋게 웃으며 대답했다.

"그러게요. 교수님들 개개인의 개성이 뚜렷하다 보니 지금
까지 매번 취향이 갈렸었는데, 정말이지 모처럼 만장일치가
나왔습니다. 블라인드 투표로 진행했으니 공정성도 의심할 여
지가 없고요."

이에 대해 교수들 몇몇이 고개를 끄덕이며 수긍했다. 앞선
양동휘 교수의 말처럼 영화란 자체가 객관성을 가지기 힘든
분야고, 교내 공모전 심사 때 만장일치 하는 경우는 좀처럼
보기 힘들었던 것이다.

교수진을 쭉 둘러본 노교수가 말했다.

"그럼 NFTS(National Film and Television School)에 신지호
학생의 작품을 보내도록 하겠습니다. NFTS 측과는 첫 교류를
시도하는 건데 어떤 코멘트가 나올지 상당히 기대되는군요."

"맞습니다. 본교가 최초로 진행하는 사안이고⋯ 쉽게 말하
자면 국가대표 같은 느낌이니까요."

"NFTS 측에서 오케이 사인이 떨어질 경우, 영국에 가서도

지호 학생의 책임이 막중합니다. 담당자인 양 교수님은 서류
부터 준비시켜 주세요."

서류.

보통 영국은 IELTS, 미국은 TOEFL을 보는 식이지만, 교환
학생의 경우는 TOEFL 점수만 있어도 관계가 없었다. 다만
IELTS은 7.0, TOEFL은 80점 이상이다. 그밖에 교환학생 과목
이수 계획서가 필요했다.

그나마 재정보증증명서(Bank statement)나 보험가입증명서
(Proof of insurance)는 NFTS측에서 모두 준비해 주기로 했으
므로 별도로 준비할 필요가 없었다.

"알겠습니다. 총장님."

양동휴는 이 부분에 대해 크게 걱정하지 않았다. 서재현에
게 듣기로 지호는 고등학교 때 이미 영어 내신 1등급, TOEFL
고득점을 맞은 바 있었던 것이다.

Chapter 6
첫 장편에 도전하다

지호는 면전에 앉은 기철을 보며 반가움을 목구멍 아래로 밀어 넣었다. 그러자 기별을 주고 찾아온 기철이 먼저 운을 뗐다.

"지호 네가 날 좀 도와줬으면 하는데."

지호야말로 바라던 바다. 지호는 우정 반지라도 나눠 끼고 싶은 마음이었으나 고요하게 기다렸다.

잠시 후 기철이 사정을 털어놨다.

"미쟝센 영화제에서 탈락했던 중영대 소속 유태일 감독 기억하지?"

"네. 몇 번 인사도 했어요."

"그래. 걔가 고등학교 때부터 청소년 단편제나 공모전만 참가했다 하면 지혜랑 1위를 다투던 라이벌이야. 우리랑은 한 학년 차이였고."

"학점은 지혜 누나보다 형이 더 좋지 않아요?"

"그야 이지혜가 워낙 제멋대로라 그렇지. 실전에서 실력은 나보다 나으니까. 어쨌든."

기철이 미간을 찌푸렸다.

"말이 라이벌이지, 우린 만년 2등이었어. 근데 내가 이번 3학년 워크숍에서 부국제(부산국제영화제) 출품작으로 선정되면서 유태일이랑 붙게 됐단 말이지."

"잔뜩 벼르고 계신 것 같네요."

"물론이지. 졸업하기 전에 경쟁해 볼 마지막 기회나 다름없어. 그래서 말인데 촬영이나 편집은 내가 주도하되 각본은 네 도움을 받으면 어떨까 한다. 물론 영화에도 네 이름이 등재될 거야."

"영광이네요."

지호는 순간적으로 현수가 떠올랐다. 그는 자신의 저작권을 유린하려 했다. 그러나 기철은 함께 영화를 만든 동료. 작품 하나를 완성한다는 건 한 배를 타고 파도가 범람하는 신항로를 개척하는 일과 흡사하다. 그 같은 치졸한 짓을 벌이진 않을 것이다.

"마침 저도 형한테 부탁드릴 게 있었는데 잘 됐네요!"

"내가 뭔지 맞춰볼까?"

"얼마든지요."

"믿을 만한 사람을 구하기 힘든 거 아니야?"

"믿을 만한 사람이라……."

지호가 같은 말을 되풀이했다.

의미심장한 화두를 던진 기철은 살과 뼈를 통과해 속내까지 훤히 들여다볼 듯 투명한 시선을 보냈다.

"넌 알고 보면 완벽주의거든. 〈완벽한 인생〉 때도 그랬어. 친구들과 작업했어도 됐었지. 빤히 어려운 길인 걸 알면서 굳이 우리 학교에 찾아왔던 건 네 작품을 완벽한 형태로 빛나게 하고 싶었기 때문이잖아. 어때, 내 추측이 틀렸나?"

"흠, 그렇게 생각해 본 적은 없었는데. 형 말이 맞는 것 같아요."

지호는 깨끗하게 인정했다. 그 당시 열성을 다한 건 자신을 배신한 현수에 대한 억하심정이 아니었다. 사실 그 일은 관심도 없었다. 화산처럼 폭발한 열정이 용암이 되어 가슴을 잠식해 나갔다.

"그때가 그리워요."

삼 년. 세 번의 계절이 지나가는 동안 지호는 침묵했다. 여러 편의 시나리오를 쓰고 〈블랙우드〉를 완성했지만 〈완벽한 인생〉과 같이 머리카락을 쭈뼛 세우는 감각은 맛볼 수 없었다. 〈블랙우드〉는 일종의 워밍업이었다. 이제 경기장 안으로 뛰어 들어갈 때가 된 것이다.

첫 영화의 향수가 너무 진했던 걸까? 금방이라도 무슨 일을 낼 것처럼 도발적인 눈빛을 마주본 기철은 소름이 돋았다.

"스태프 모집한답시고 무작정 학교로 쳐들어왔을 때부터 느낀 거지만 넌 야수성이 있어."

"그때 형 참여 안 한다고 하지 않으셨어요?"

지호가 짓궂게 웃으며 묻자 기철도 웃어버렸다.

"그랬나? 여튼간 말이 이상한 쪽으로 샜는데… 다시 물어볼게. 어떡할래? 네가 각본을 주든 말든 난 널 도울 의향이 있으니까 그건 신경 쓰지 말고 대답해 줘."

"그렇게 말씀하시면 어떻게 거절해요? 당연히 해야죠."

지호가 손을 내밀자 기철이 맞잡았다.

"지금 여자 동기들은 다 졸업했고, 1학년 때부터 같이 작업했던 남자 동기 세 명 있다. 너랑 해조까지 하면 총 다섯 명이야. 많은 인원은 아니지만 이 정도면 뭘 만들든 가능한 머릿수지. 일단 네 작품부터 하고, 그다음 내 작품 각본 작업에 착수해 줘."

"네, 형."

고개를 끄덕인 기철이 물었다.

"NFTS 교환학생 일정은 어떻게 돼?"

"음, 여름방학 때 영국 NFTS측에서 결과가 나와요. 만약 영국행이 결정된다면 1학년 마치는 대로 떠나겠죠. 그전에 다시 예전처럼 작업해 보고 싶어요."

"좋아. 동기들과 나도 제대로 도우마. 군대 있는 동안 영화 찍고 싶었던 한을 마음껏 풀면서 말이지."

"하하, 든든하네요! 실은 저도 고등학교생활 하면서 각본을 여러 편 완성해 뒀어요. 이번 워크숍 때도 그중 하나를 쓸 거고요. 전부 다 모이면 그때 보여드릴게요. 그리고 형."

지호는 고개를 깊이 숙였다.

"흔쾌히 도와주셔서 감사합니다."

　　　　*　　　　　*　　　　　*

다음 날 수업이 끝나고 노을이 뉘엿뉘엿 저물 무렵이었다. 영상원 B동 207호 강의실에는 지호의 팀이 한데 모였다.

기철이 데려온 레게머리 3학년 남학생과 말상을 가진 남학생은 지호를 보며 반갑게 손을 흔들었다.

"듣던 대로 비주얼 죽이네."

레게머리의 말을 말상이 받았다.

"너랑은 종이 다르다. 낄낄!"

"까고 있네! 밥은 먹고 다니냐? 당근 좀 주리?"

사람의 비주얼을 살짝 엇나간 두 사람을 보던 해조는 한숨을 내쉬었다. 엄마가 해줬던 말이 떠올랐다.

'남자는 죽을 때까지 철 안 든다더니.'

그나마 묵직한 기철은 창문에 번져 있는 노을빛을 보고 있다가 상황을 정리하려 나섰다.

"후배들 앞에서 창피하지도 않냐?"

"응. 뭐가 창피해?"

"그치! 짐승은 부끄러움을 모르는 법이지."

말상과 레게머리가 나란히 대답했다.

결국 지호가 나섰다.

"선배님들. 제가 가져온 각본을 좀 봐주시면 안 될까요?"

다시 못 말리는 콩트가 시작됐다.

"에헴! 애도 실력자를 알아보네."

"머리나 자르고 와라. 빨리 보고 후딱 해치우자. 그래야 일찍 가서 밥을 먹지. 아, 배고파."

"말밥이라도 던져주리?"

그들은 탁구공을 주고받듯 대화하면서도 지호가 책상 위에 올려둔 시나리오를 수거해 갔다. 그리고 잠시 후, 염라대왕이 와서 뜯어말려도 못 말릴 것 같던 두 사람의 입이 굳게 닫혔다.

기철과 해조는 말할 것도 없었다.

강의실에는 팔락팔락 대본 넘기는 소리만 퍼져 나갔다. 이 소리의 파문이 가라앉을 때쯤, 레게머리가 입을 열었다.

"미치겠네. 이놈 진짜 천재 아니야? 각본이 단편과 장편을 자유자재로 갖고 놀잖아?"

말상 역시 한마디 거들었다.

"예산이 부족하든 촬영 기간이 부족하든, 상황에 촬영할 수 있겠어. 머리에 뭐가 들었기에 이런 생각을 했지?"

그들의 감탄을 들으며 각본의 마지막 장을 넘긴 기철과 해조도 토끼 눈을 하고 있었다.

이 순간을 위해 초조함을 달래던 지호가 느릿하게 입을 열었다.

"맞아요. 보시다시피 단편영화 여러 편을 묶어 한 편의 장편영화로 만들었습니다. 장편을 시도해 보고는 싶은데, 조건이 너무 제한적이라서 선택한 방법이에요. 시퀀스마다 기승전결이 있기 때문에 편하게 찍고, 멈추고 싶을 때 잠시 쉬어도 돼요."

훌륭한 영화를 만들기 위해서는 세 가지가 필요하다. 좋은 시나리오, 좋은 시나리오, 좋은 시나리오. 스릴러 영화의 전설인 알프레드 히치콕(Alfred Hitchcock)이 한 말이다. 지호의 각본은 이 명언을 충실히 이행하고 있었다.

다들 찬물을 한 바가지 뒤집어쓴 표정으로 지호를 바라보고 있던 찰나, 해조가 그 위로 뜨거운 물 끼얹는 소리를 했다.

"또 장르가 바뀌었네."

〈완벽한 인생〉은 드라마, 〈블랙우드〉는 코미디였다. 그런데 이번에는 멜로와 액션을 합쳤다. 어찌 보면 최악의 조합이다. 이 조합은 대개가 시소처럼 한쪽으로 기울거나 쓰레기처럼 지저분하게 널브러지게 마련이다. 그런데 이제 갓 스무 살 풋내기 감독이 멜로, 액션을 장편으로 도전하겠다고 선언한 것이다.

"말도 안 돼."

마침내 입을 연 기철은 손에 들린 각본이 구겨지도록 움켜쥐었다.

"숨 쉴 틈도 없이 재밌어. 시나리오대로만 찍을 수 있다면 아주 근사한 작품이 탄생할 거야."

그 말을 들은 레게머리와 말상이 고개를 주억거렸다. 먼저 레게머리가 자신을 소개했다.

"난 윤민수. 기철이가 네 얘기를 하기에 처음에는 과장한다고 생각했는데, 지금 보니까 오히려 부족한 감이 있네. 앞으로 잘 부탁한다!"

"난 임보현이다. 잘 부탁해."

말상도 한마디 거든다.

지호가 빙긋 웃으며 대답했다.

"반갑습니다. 선배님들. 저야말로 잘 부탁드립니다!"

기철, 해조, 민수, 보현. 스태프 인원은 이렇게 넷으로 정해졌다.

이제 배우를 섭외할 차례. 지호가 기철에게로 시선을 돌렸다.

"맞다, 형. 용빈이 형이랑 유나 누나, 지원이한테도 연락을 해볼까 하는데요."

"지원이가 너 고등학교 동창 맞지?"

"네."

기철은 고개를 끄덕였다.

"그게 좋겠다. 근데 문제는 액션이지."

그는 동그랗게 말린 시나리오를 허벅지에 대고 두드리며 부연했다.

"촬영 장비는 학교에서 빌리면 되니까 크게 문제될 건 없는데, 용빈이가 아크로바틱을 했더라도 이 정도 액션은 무리야. 결국 대역을 서줄 액션 배우를 따로 섭외해야 한다는 거지. 그것도 실력 있는 사람으로. 그것만 해도 돈이 어마어마하게 깨질걸?"

보현이 곁다리로 말했다.

"그러고 보니, 나도 여태 대학 작품에서 제대로 된 액션이 나온 걸 본 적이 없어."

"맞아. 차라리 두, 세 번째 단편 스토리 라인을 다시 잡는 게 낫지 않을까? 아무리 생각해도 액션은 무리수 같다. 예산 문제는 노력한다고 되는 일이 아니야. 현실이라고."

지호는 역풍(逆風)에도 단단히 버텨 섰다.

"그래서 더 도전해 볼 만한 가치가 있다고 봐요. 남들이 쉽사리 도전하지 못하는 장르니까요. 예산은 제가 어떻게든 마련해 볼게요."

"예산만 해결된다면 난 찬성! 충분히 도전해 볼 만한 가치는 있을 것 같은데?"

어깨를 으쓱이며 동의한 민수가 덧붙여 물었다.

"근데 예산은 어떻게 마련하려고?"

"뜻이 있는 데 길이 있다고 했으니 지금부터 생각해 봐야죠."

순풍(淳風)을 탄 지호는 자리에 모인 사람들의 면면에 눈도장을 찍고 입을 열었다.

"되든 안 되든, 일단 도전해 본 후에 결정하는 편이 좋을 것 같아요. 시도도 안 해보고 포기하면 너무 아쉽잖아요?"

이로서 결정됐다. 기철과 보현도 더는 반대 의견을 내지 않았다. 감독은 지호였기 때문이다. 워크숍의 성패에 따른 책임 역시 지호의 몫이었다.

기숙사로 돌아온 지호는 영화를 한 편 보며 5㎏아령을 이용한 다양한 근력 운동을 했다. 그가 매일 빠트리지 않고 반복하는 두 가지가 바로 근력 운동과 하루 한 편의 영화를 보는 것이었다.

반면에 적당한 군것질 섭취와 하루 한 판 이상의 게임을 해야만 직성이 풀리는 성진은 그를 보며 투덜거렸다.

"좁아터진 기숙사에서 웬 운동이야?"

"좁아터져서 못하고, 기숙사라서 못하고, 이래저래 핑계 대다 보면 영영 못하는 거다."

"왜 자신의 몸을 일부러 괴롭히는지 모르겠군. 욕심을 조금만 버리면 편해지는 것을."

성진은 짐짓 수도승처럼 말했다.

지호는 팔굽혀펴기를 하면서도 여유롭게 대답했다.

"너도 쉬운 것부터 차근차근 도전해봐. 유나 누나 좋아하는 거 아니야? 여자의 마음을 훔치려면 네 자신부터 가꿔야 하지 않겠어?"

"모를 소리! 내 매력은 외모가 아니다."

"꽃이 향기를 내야 벌이 꼬이는 법이야. 살을 빼고 몸을 만드는 건 무일푼으로 할 수 있는 가장 쉬운 매력 어필이지."

"사람마다 다른 법이지. 난 그게 가장 어렵다."

성진은 마치 난공불락(難攻不落)의 성채처럼 절대 함락되지 않을 것만 같았다.

　팔굽혀펴기를 끝내고 일어난 지호는 결정타 한 방을 날렸다.

　"네가 그렇게 말한다면 할 수 없지만 젊음은 돌아오지 않아. 나이가 들기 전에 너 자신의 최고 멋진 모습을 봐야 하지 않겠어? 기왕이면 네가 좋아하는 여자한테도 보여주고 말이야. 너무 아쉽잖아?"

　"음……."

　유나를 떠올린 성진이 고민 끝에 물었다.

　"어, 어떻게 하면 되겠냐?"

　2층 침대의 쇠 난간에 발을 걸치고 거꾸로 매달려서 윗몸일으키기 자세를 취한 지호가 씨익 웃었다.

　"뭐든 그렇겠지만, 몸 만드는 것도 한순간에 되는 일이 아니야. 조급하면 포기할 수밖에 없지. 앞으로 평생 습관 만든다는 각오로 꾸준히 해야 돼. 나중에 네가 정말 하고 싶은 일이 생겼을 때 몸이 약해서 못하는 일이 없도록 미리부터 관리한다는 느낌으로."

　"아리 양… 아니, 유나라고 했나? 이름도 예쁘군. 그 여자를 생각하면서 기꺼이 땀을 흘려보겠다."

　성진이 언제까지 그 결심을 실천할 수 있을지는 아무도 알 수 없었다. 하지만 성진의 도전 자체만으로 충분한 의미를 갖고 있으리라. 만약 실패한다면 언젠가 또다시 도전을 하게 될 테고, 성공한다면 유나의 마음을 얻든 못 얻든 습관은 남을 것이다. 확신한 지호는 자신의 도전도 다르지 않다고 생각했다.

'긍정적인 마음만 있다면 모든 경험은 내 몸이 기억한다. 결국은 앞으로의 재산이 될 거야.'

지호는 호흡을 뱉으며 감각에 집중했다. 발끝부터 시작된 근육통이 전신을 관통한다. 몸이 내지르는 비명을 노랫가락처럼 즐기게 된 것은 운동이 습관이 된 순간부터였다.

처음 운동을 하게 된 계기는 카메라 때문이었다. 핸드헬드(Handheld: 카메라를 직접 들고 찍는 것)를 소화하기 위해선 탄탄한 상·하체가 필요했던 것이다.

"후우… 100!"

마지막 개수를 채운 지호는 대롱대롱 매달려 잠시 숨을 고른 뒤, 땅으로 내려왔다. 웃통을 벗고 있던 그는 곧바로 화장실 샤워 부스로 들어갔다.

이내 안에서 물소리가 들려왔다. 굳게 닫힌 화장실 문을 보며 성진은 처음으로 지호의 갈라진 근육들에 부러움을 느꼈다. 그러고는 만만치 않은 세상을 향해 부르짖었다.

"하, 역시 미녀의 사랑을 얻기 위해선 노오오력이 필요한 것인가!"

　　　　*　　　　*　　　　*

　지호는 프리프로덕션에 착수했다. 영화인들의 온라인 커뮤니티 '무비메이커스'에 구인 공고를 올려 단역배우들을 모집하고 용빈, 유나, 지원의 스케줄을 체크해 오디션 날짜를 잡았다.

　다음으로 합을 맞춰줄 무술 감독과 액션 배우가 필요했다. 이번 캐스팅에서 가장 핵심적인 부분이었다. 액션이 엉성하면 영화 자체가 단숨에 허접해져 버린다.

　'발품을 팔아야겠어.'

　지호는 모든 노력과 결과가 비례하진 않지만, 달콤한 결과에는 험한 노력이 따른다고 확신하는 사람이었다. 〈완벽한 인생〉 또한 그런 각오가 있었기에 성공적인 성과를 거둘 수 있었다. 그리고 이번에도 그의 선택은 다르지 않았다.

　지호는 기철에게 전화를 걸었다.

　"형. 저 지금 파주 헤이리 가고 있어요. 아마 주말 내내 거기 있을 것 같습니다."

　―헤이리면… 삼촌이랑 산다던 집에 가는 거야? 조단역 캐스팅은 우리끼리 진행한다고 해도 나머지 프리프로덕션에는 네가 필요한데, 서둘러야 하지 않을까?

"집에도 물론 들르겠지만 이번 목적은 따로 있어요. 한국액션스쿨이 헤이리에 있거든요."

—설마 액션스쿨 배우들을 쓰려고? 그건 힘들 텐데.

"우선 해볼 수 있는 건 전부 해봐야죠."

지호는 대수롭지 않게 대답하면서도 속마음을 독사보다 독하게 가졌다. 거머리보다 끈질기고 맹수보다 집요하게 먹었다. 학점이 펑크 나든 말든 배우를 구하기 전까진 돌아가지 않을 생각으로 버스에 올랐다.

*   *   *

대한민국 무술 연기자 협회 회장이자 한국액션스쿨 무술감독 대표를 역임하고 있는 정상인은 액션영화를 즐겨보지 않는 사람도 한눈에 알아볼 수 있을 만큼 많은 영화와 방송에 참여한 유명인이었다.

1년 365일 중 대부분의 시간을 현장에서 보내는 그였지만, 오늘은 모처럼 사무실로 출근했다. 오전에 대형 기획사 CYN엔터테인먼트 소속 아역배우들의 단체 방문 일정이 잡혀 있기 때문이다.

아역배우들이 매니저들 인솔 하에 도착해 와이어 액션 등을 체험하는 사이, 정상인은 동행한 CYN엔터테인먼트 대표

최태식을 만났다.

"역시 정 대표! 액션스쿨도 명불허전입니다! 소문만 들어왔는데 반나절도 안 돼서 우리 애들 눈빛이 180도 변했어요. 매일 반복되는 트레이닝에 지쳐 있었는데, 기분 전환 겸 동기부여가 톡톡히 된 것 같습니다."

흰 카라티에 베이지색 면바지. 골프채만 쥐어주면 당장에라도 멋진 스윙을 보여줄 것 같은 차림새의 최태식은 호탕한 웃음을 터뜨렸다.

정상인은 가볍게 고개를 숙이며 겸손하게 대답했다.

"과찬이십니다. 최 회장님. CYN엔터가 3년 만에 영화계로 입성해 큰 입지를 거머쥐게 된 성공 신화는 익히 들었습니다. 앞으로 좋은 관계를 유지해 간다면 쌍방이 시너지 효과를 얻을 수 있을 겁니다."

"하하! 정 대표는 말도 청산유수네요."

CYN엔터테인먼트는 아직 가요 시장에서의 비중이 더 컸지만 방송·영화 방면에서도 몸집을 불리는 중이었다.

실제로 지난 삼 년간 상품 가치가 떨어진 아이돌 가수들의 연기 활동 전향, 신인과 아역배우 양성에 박차를 가하고 있는 상황인 것이다. 미래를 생각하면 방송·영화의 액션장르를 독점하다시피 하는 액션스쿨과의 관계 역시 중요한 주춧돌이었다.

최태식은 투자 계획서를 쓰고 정상인의 안내를 받아 액션스쿨을 라운딩 한 뒤, 자가용에 올라탔다. 그는 뒷좌석 창문을 내리고 정상인에게 말했다.

"아까 이야기했던 것처럼 이번에 사극 액션에 들어가는 연습생 녀석이 한 명 있어요. 누군지는 보안상 아직 비밀입니다만… 오면 잘 좀 챙겨주시길 부탁드리겠습니다."

"하하, 최 대표님! 이제 한 식구 아닙니까? 언제든 보내주십시오."

"고마워요, 정 대표. 그럼 다음에 저녁이나 한 끼 합시다!"

최태식은 운전기사에게 말했다.

"미스터 윤? 이만 출발하지."

"알겠습니다. 대표님."

대답한 윤이 차를 몰고 야외 주차장을 빠져나갔다.

*   *   *

한편 지호는 액션스쿨로 들어섰다.

"후! 무작정 오긴 왔는데, 이제 어떡하지?"

지호가 혼잣말을 하며 고민하고 있는 사이, 금방 최태식을 배웅한 정상인과 눈이 딱 마주쳤다. 지호를 본 정상인은 고개를 갸우뚱했다.

'최 대표님이 말씀하신 CYN 소속 연습생?'

조각 같은 이목구비, 신체 비율이 그렇게 말하고 있다. 아무리 그래도 그렇지 바로 아이돌을 보냈을까?

"…충분히 그러고도 남을 분이시지."

'보안상 비밀'이라고 했을 때부터 의심이 갔다. 최태식의 장난기 넘치는 성격상 서프라이즈는 예삿일이었다. 그건 비즈니스도 마찬가지다.

고개를 절레절레 저은 정상인이 천천히 다가가며 물었다.

"무슨 일로 오셨나요?"

"아! 안녕하세요."

꾸벅 인사한 지호가 고개를 들며 자신을 소개했다.

"저는 신지호라고 합니다. 다름이 아니라……."

"미안합니다. 내가 신인배우들 이름을 잘 몰라서. 트레이닝을 받으러 온 거죠?"

정상인은 말을 잘랐다. 그는 자신의 착각을 확신하고 있었다.

영문을 모르는 지호가 머쓱하게 서서 말했다.

"저기, 뭔가 오해가 있으신 것 같은데……."

막 정체를 밝히려는 순간.

건물 안으로부터 아역배우들이 우르르 몰려 나왔다. 아이들이 커다란 목청으로 시끄럽게 떠들어대는 통에 지호의 음성이 묻히고 말았다.

정상인이 건물을 손가락질하며 크게 외쳤다.

"일단 안으로 들어가서 말씀하시죠!"

지호는 졸지에 사무실까지 안내받게 되었다. 일이 너무 쉽게 풀리자 오히려 불안했다.

'뭐야? 도대체 뭐가 어떻게 된 거지?'

혼란스러운 그때, 정상인이 자리를 권했다.

"여기 좀 앉으세요. 체격이 제법 다부져보이는데… 평소에도 관리를 잘했나 보네요."

"아, 네. 운동을 즐겨하긴 합니다만……."

"역시 그렇군요. 운동신경이 좋으면 얘기가 빠르지요."

연습생이라면 대개 관리 받는 기간을 별도로 갖는다. 따라서 그들의 운동량은 무시 못 한다.

정상인은 지호의 정체를 눈곱만큼도 의심하지 않고 있었다. 갑작스럽게 방문하는 경우는 없었기 때문이다. 일반화의 오류를 범한 그가 말했다.

"평소 운동량이 아무리 많아도 당장 트레이닝에 돌입하긴 힘들 겁니다. 그래서 오늘은 간단한 피지컬 테스트(Physical Test)부터 진행할 계획이에요."

그사이 상황 파악을 마친 지호는 오해를 풀려던 생각을 바꿨다.

'내 정체를 밝히는 순간 바로 돌려보내겠지?'

현실은 영화가 아니다.

예전에, 서재현이 말했다. '할리우드든 충무로든, 영화판은 돈으로 돌아간다. 영화란 예술은 돈 없이 실현 불가하다.'고.

정상인처럼 영화계에서 명망 높은 무술감독이 새파란 연출과 학생의 열정에 감화돼 황금 같은 시간을 내줄 일은 거의 없다는 뜻이다.

이는 지호가 미쟝센 영화제에서 최우수상을 수상한 촉망받는 신인 감독이라도 마찬가지다. 상업성이 전무한 20분짜리 독립 단편은 아무리 화려한 수상 이력이라고 해도 속없는 김밥이나 다름없었다.

반면 정상인의 시간은 돈이다. 그는 한 시간에 수십만 원에 달하는 트레이닝머니를 받는다. 지호가 아마추어에서 인정받는 신인 감독이자 메이저급 연출부의 막내로 합류할 수 있는 수준이라면, 정상인은 이미 프로의 메이저리그에서 에이스로 뛰고 있는 무술감독인 것이다.

'기회가 필요해.'

지호는 덕담이나 들으려고 이곳에 온 것이 아니었다. 그는 결단을 내렸다. 최대한의 시간을 확보하고, 주어진 시간 안에 설득해야 한다. 그뿐이었다.

"…잘 부탁드립니다."

목소리에서 굳센 의지가 엿보였다. 정상인은 단순히 그렇게 여겼다.

'긴장한 걸 보니 승부욕이 있는 친구야.'

의미는 다르지만 틀린 판단은 아니었다. 지호는 내심 사활을 건 다짐을 하고 있었던 것이다.

'뭐가 어떻게 된 건지는 모르겠지만.'

상대의 궁금증을 유발해야 한다. 그것만이 이 순간 유일한 희망이었다.

동상이몽인 두 사람은 나란히 사무실을 나갔다. 아역배우들이 떠난 강당은 텅 비어 있었다.

"이곳은 우리 액션스쿨의 자랑입니다. 배우들이 평소에 받는 헬스 트레이닝과는 달리 액션스쿨만의 체력 강화 훈련을 거칩니다. 그리고 현대 액션, 사극 액션부터 필요시 와이어, 레벨, 스쿠버 등 다양한 전문 기술을 익히게 될 거예요."

설명을 듣던 지호는 뜨끔했다.

'아무래도 생각보다 큰 사고를 친 것 같은데.'

거짓은 거짓을 낳는다. 진실이 구름 뒤로 숨으면 찝찝하고 고독한 마음만이 남을 뿐이다.

덜컥 겁이 난 지호는 사실대로 말할 타이밍을 쟀지만, 정상인은 좀처럼 틈을 내주지 않았다.

"자, 그럼 시작해봅시다. 가볍게 스트레칭과 서킷트레이닝, 상·하체 인터벌 트레이닝, 카디오 트레이닝, 코어 트레이닝, 핸

드스프링·측전(側轉)·기본기로 이루어진 매트 운동, 구름판·
트럼폴린 운동까지 한 세트씩 쉬지 않고 해보겠습니다."

한 번 들어서는 그대로 외우기도 힘들 만큼 다양한 방식의
나열. 보통 사람이면 한 사이클도 돌기 힘든 크로스핏(Cross—
fit)이다. 지호는 뒤통수를 한 대 맞은 것처럼 얼빠진 표정을 지
었다.

'이게 가볍게라고? 설마, 농담이겠지?'

그러나 정상인은 실낱같은 희망을 무너트렸다.

"체력 강화 훈련은 매일 다양한 방식으로 진행하며 본격적
인 훈련에 들어가기 전의 오전 운동. 즉, 웜업(Warm up) 정도로
생각하면 되겠습니다. 제가 먼저 시범을 보이고, 지호 씨가 그
대로 따라하면 됩니다. 기록을 잴 테니까 최선을 다해주세요."

*   *   *

"후욱, 후욱!"

관자놀이부터 시작된 땀방울이 턱선을 타고 미끄러져 내렸
다. 지호는 잠시도 쉬지 않고 전신을 움직이며 자신을 몰아붙
였다. 아무리 운동이 습관화됐다지만 정상인의 살인적인 체
력 단련을 따라가기란 힘들었다. 정상인을 놀라게 해줘야겠다
는 다짐은 어느새 공중분해됐고, 머릿속은 하얗게 탈색돼 버

렸다. 귓가로 카운트를 하는 정상인의 구호와 자신의 숨소리가 뒤섞여 엉겨 붙었다.

'내가 미쳤지! 여기서 지금 뭐하고 있는 거야?'

지호가 현기증을 느끼며 한계에 부딪힌 순간, 정상인이 스톱워치의 버튼을 누르며 외쳤다.

"20, 끝! 휴식!"

정상인은 내색하지 않았지만 속으로 상당히 놀라고 있었다. 지호에게 설명할 땐 준비운동 수준이라고 했으나, 액션스쿨에서 행하는 체력 강화 훈련은 일반인들이 견디기 힘든 고강도 트레이닝이기 때문이다. 그럼에도 지호는 쉬지 않고 한 사이클을 빠른 시간 안에 소화해낸 것이다.

'대단한 악바리군.'

바닥에 퍼진 지호는 아직도 기침이 뒤섞인 쉿소리를 내뱉고 있었다.

"콜록, 콜록! 허억, 허억."

정상인은 지호가 숨을 모두 고를 때까지 말없이 기다려 주었다. 어느 정도 호흡이 가라앉자 그는 시원한 물이 든 텀블러를 건넸다.

"잘근잘근 씹어 삼키듯이 조금씩 섭취하세요."

지호는 지시에 고분고분 따르며 기운 빠진 몸을 돌보았다. 그는 정상인과 마주앉아 스트레칭을 하며 조심스럽게 입을 열었다.

"저, 감독님."

"네?"

"감독님께 드릴 말씀이 있습니다."

정상인이 잡아주던 손을 놓았다. 의문스러운 표정의 그를 보며 지호가 재차 입을 열었다.

"무슨 오해 때문에 이렇게까지 된 건지는 모르겠지만, 저는 무술 연기자를 구하러 온 영화감독입니다."

"뭐라고요?"

정상인의 얼굴에는 황당한 기색이 역력했다.

"하하… 그럼 여태 왜 배우인 척한 겁니까? 굳이 이 생고생을 해가면서요."

"네? 배우요?"

'배우'라는 단어를 들은 지호는 의문이 풀렸다.

"아, 저를 배우로 착각하신 거였군요."

"뭐 어쨌든, 제가 얘기를 들어보지도 않고 데려왔으니 더 이상 할 말은 없습니다. 서로 불필요한 시간 낭비만 했네요. 이만 돌아가세요."

정상인은 상황을 중단하고 휙 뒤돌아서 사무실로 갔다.

지금까지의 대화가 무산이 되어버릴 것 같은 느낌을 받은 지호는 제자리에 위태롭게 서 있었다.

'이대로 끝낼 수는 없어.'

그는 사무실을 향해 걸음을 옮기며 중얼거렸다.

"후— 긴장하지 말자."

걸음이 점점 빨라졌다.

사무실 앞에 도착한 지호가 노크를 하고 문을 열었다.

그를 발견한 정상인이 책상에 앉은 채로 말했다.

"아, 가방은 문 앞에 뒀으니 가져가세요."

문전박대가 따로 없다. 정상인의 단호한 태도에도 지호는 차분하게 마음을 가라앉혔다.

"감사합니다. 감독님."

가방을 멘 지호가 허리를 숙여 깊이 인사했다.

"무례를 끼쳐 죄송합니다. 처음부터 감독님을 속일 작정은 아니었다는 것만 알아주세요. 감독님께 꼭 드리고 싶은 말이 있었습니다. 제 이야기를 한번만 들어주시면 안 될까요?"

진심이 깃든 목소리와 눈빛이 짙은 호소력을 발휘한다.

정상인은 지호의 끈질긴 태도에 불쾌하기 보단 헛웃음이 나왔다.

"허허. 사람 귀찮게 하는 재주를 가졌군요. 그래요. 어디, 뭔지 들어나 봅시다."

화색이 돈 지호는 다시 한 번 인사 한 뒤 포부를 밝혔다.

"기회를 주셔서 감사합니다. 저는 이번에 멜로와 액션이 결합된 장편영화를 찍게 된 연출과 학생입니다. 그런데 멋진 장면을 만들기 위해선 실력 있는 무술감독님과 무술 연기자들이 반드시 필요했습니다."

"하하하!"

큰 소리로 웃은 정상인이 물었다.

"지금 내게 우리 액션스쿨에 소속 무술 연기자를 연결해 달라는 건가요? 우린 신중히 작품을 선택하고 합당한 대우를 받으며 프로들과 작업해 왔습니다. 용기는 가상하지만, 이게 억지 쓴다고 될 일로 보입니까?"

"아뇨, 그렇게 생각하지 않습니다.."

가방에서 시나리오를 꺼낸 지호가 책상 앞으로 가까이 다가섰다.

"하지만 거절할 때 거절하시더라도 우선 이걸 한번 읽어봐주셨으면 합니다. 만약 보신 후에도 마음이 변치 않으신다면, 아쉽지만 돌아가도록 하겠습니다."

정상인은 황당한 한편 호기심도 생겼다. 이 정도면 꼴통도 보통 꼴통이 아니다.

'얼마나 자신이 있기에 이렇게 막무가내야?'

지호는 불편한 시선에 흔들리지 않고 시나리오를 건넸다.

"휴, 좋습니다."

정상인은 시나리오를 건네받았다. 이런 꼴통을 소란스럽지 않게 돌려보내려면 적당히 원하는 대로 들어주는 척 하는 편이 가장 빨랐다.

마음을 정한 정상인은 시나리오를 건네받았다. 어차피 읽어보든 말든 이미 정해진 결과겠지만.

"이렇게 하죠. 내가 시나리오를 보고 마음에 들면, 우리 쪽 무술 연기자들을 소개해 주겠습니다. 하지만 별 볼 일 없다면 미련 없이 돌아가세요. 우리 액션스쿨 말고도 무술 연기자들 많습니다. 어차피 현장 투입이 준비된 무술 연기자는 1년 차라도 꽤 많은 섭외 비용이 들어가요."

"네. 예산은 문제없습니다."

뭐가 문제없다는 걸까?

'그만한 재력이 된다고?'

믿을 수 없는 이야기였다.

정상인은 고개를 저었다. 그는 지호에게 티끌만큼의 기대도 갖지 않은 채 시나리오로 눈길을 돌렸다.

"그럼, 어디보자."

그는 시나리오를 읽기 시작했다.

팔락, 파라락.

처음에는 읽는 흉내만 냈다.

그러나 점점 넘기는 속도가 빨라졌다. 동시에 정상인의 얼굴색도 붉게 물들어갔다. 분명 대충 보고 있는데 강렬한 내용이 머릿속에 똬리를 튼다.

"말도 안 돼."

마지막 장을 넘긴 정상인은 시나리오를 한참 내려다보더니 고개를 들며 물었다.

"각본이 정말 좋네요. 젊은 친구가 썼다고 생각하기에 믿기지 않을 정도로⋯⋯."

정상인이 말끝을 흐렸다. 이런 각본은 수준급 연출부에서 맡아야 한다. 꼬리를 물고 친분이 두터운 여러 명의 액션영화 전문 감독들이 떠올랐다. 이내 반짝이는 아이디어가 떠오른 그는 지호에게 조심스럽게 제안을 하나 했다.

"하지만 신인 감독이 찍기에는 연출력이 많이 딸릴 겁니다. 그냥 '각본만' 유명한 연출부에 넘기면 어떨까요? 지호 씨도 익히 아는 유명한 감독들을 소개해 줄 수 있습니다. 그럼 충무로에 인맥을 쌓는 건 물론이고 유능한 시나리오작가로 이름을 날리며 화려한 데뷔를 할 수 있을 겁니다. 그렇게 되면 학교 졸업 후 어느 연출부든 들어갈 수 있을 테고, 영화는 빵빵한 투자를 받고 멋지게 탄생할 거예요."

이 정도면 파격적인 제안이다. 영화감독을 꿈꾸는 연출과 학생이라면 거절하지 못할 달콤한 유혹이다.

반면 이전에 한 번 데였던 경험도 있고, 자신감도 충만한 지호에게는 그다지 탐탁지 않은 제안이었다.

"말씀은 감사하지만 사양하겠습니다. 충분히 만들 수 있는 여력이 된다고 생각해요. 제가 만들 결심을 하고 이미 연출부까지 꾸렸는걸요."

시나리오를 읽어본 정상인의 눈에 지호의 자신감은 더 이상 객기로 보이지 않았다. 그는 깔끔하게 단념한 뒤 말을 이었다.

"후, 알겠습니다. 내 입으로 뱉은 약속은 지키도록 하지요. 대전에 있는 산하 교육기관에 연결해 주겠습니다. 개런티 책정은 직접 그쪽과 이야기를 해보면 될 일이고……."

정상인은 지호가 또 집요하게 굴까봐 못을 박아뒀다.

"아무리 자금력이 있다고 해도 무술 연기자와 달리 4년 차 이상 무술감독은 힘들 겁니다. 그 정도는 알아두세요."

그 말처럼 무술 연기자와 무술감독의 개런티는 천양지차(天壤之差). 이 점을 알고 있는 지호는 욕심을 자제하며 한 발 물러섰다. 사실 지금 얻은 성과만 해도 놀라운 일이었다. 이 건물에 들어선 후 눈앞이 아찔했던 순간만 몇 번이었던가? 가슴이 벅차올랐다.

"정말 감사합니다!"

정상인이 고개를 끄덕였다.

"우리 교육기관에 얘기해서 적당한 무술 연기자들로 개런티랑 프로필 보내겠습니다."

"예, 알겠습니다. 그런데……."

"또 뭡니까?"

지호는 정상인의 질린 표정을 보며 불벼락이 번쩍이는 눈빛으로 말했다.

"다음 주쯤 제가 직접 그곳에 내려가서 영화에 대해 설명하고, 함께 할 분과 직접 만나서 모셔오고 싶습니다."

*   *   *

지호는 기숙사로 돌아가기 전, 헤이리 본가에 들러 서재현과 이지은에게 인사를 했다. 마침 수열은 연기 학원에 가고 없었다.

남은 세 식구는 식탁에 모여앉아 대화를 나눴다.

"…그럼 NFTS 교환학생 선정 결과는 아직 안 나왔고?"

"네. 여름방학 때 발표가 나요. 만약 합격한다면 내년에는 NFTS에 교환학생으로 가 있겠죠."

"그래, 좋은 기회야. 많은 걸 배울 수 있을 게다."

서재현은 흡족하게 생각했다. 유학파 감독들이 한국영화 발전에 큰 몫을 기여했다는 건 부정할 수 없는 사실이었기 때문이다.

반면 이지은은 벌써부터 아쉬운 기색이 역력했다. 그녀는 애틋한 눈빛으로 지호를 보며 우려했다.

"학교 기숙사에서 지내는 것과 해외 나가서 지내는 건 또 다를 텐데… 정말 괜찮겠니?"

"그럼요, 숙모. 아직 결정된 것도 아닌데 너무 걱정 마세요."

밝게 대답한 지호는 1학년 워크숍 때 만들 장편영화에 대해서도 털어놨다. 제대로 된 액션을 만들어보고 싶다는 포부를 들은 서재현은 해당 영화의 각본을 요구했다.

지호가 건넨 각본을 들춰본 서재현은 정상인과 크게 다르지 않은 걱정을 나타냈다.

"시나리오 자체는 좋다만, 나머지 여건이 따라줄지 모르겠다. 배우들의 연기, 촬영 장비, 촬영 기술. 삼박자가 모두 맞아야 돼. 이런 각본은 베테랑들에게 어울리는 스타일이다."

"네. 하지만 실패한다하더라도 직접 제 손으로 만들어 보고 싶어요. 시도만으로도 충분한 의의가 있다고 생각하니까요."

지호는 무술감독 정상인을 만났던 것부터 교육기관인 대전에 내려가 무술 연기자를 뽑게 된 상황까지, 낮에 있었던 일들을 이야기했다.

서재현은 많이 놀란 눈치였다.

"아무리 그래도 정 감독을 직접 찾아갔다니……."

이지은이 궁금한 듯 끼어들었다.

"지호가 개런티를 지급하지 않겠다고 한 것도 아니고 어려운 부탁은 아니잖아요? 정 감독 그 사람, 동네 사람들 대하는 것만 봐도 인성이 바르잖아요. 당신한테도 깍듯하고요."

"평소에는 그래보여도 일할 땐 굉장히 까다로운 친구로 소문이 파다해. 그러니 그 위치까지 올라갈 수 있었던 거고."

서재현은 지호에게 시선을 돌리며 말을 이었다.

"아무튼 신기한 일이구나. 그렇게까지 도움 주는 걸 보면 정 감독도 네가 썩 마음에 들었던 게야."

"정말 그럴까요?"

사뭇 진지한 태도의 지호를 바라보던 서재현은 가볍게 웃어 보인 뒤 잠시 정상인에 관해 떠올렸다.

서재현과 정상인은 각자 영화계에 발을 담근 시기가 달랐다. 정상인은 서재현이 완전히 은퇴한 후 발을 들였다. 그러나 평판만은 종종 접해왔던 것이다.

'정 감독이라면 지호에게 큰 힘이 되어줄 수 있는 사람이야.'

잠시 고민하던 서재현이 입을 열었다.

"정 감독과 함께 작업한 감독들 모두 내 후배다. 무술감독을 구하는 일이나, 혼자 힘으로 어려운 부분이 있다면 언제든 도움을 청하거라."

"에이, 삼촌. 말씀만으로도 감사해요. 하지만 저도 이제 어린애가 아닌 걸요."

지호는 잠시도 망설이지 않고 사양했다.

'내 힘으로 부딪혀 보자.'

다짐한 지호가 각오를 담아 말했다.

"꼭 좋은 영화를 만들어서 보여드릴게요."

"이제 정말 다 컸구나. 아주 기특해."

서재현이 입가로 기분 좋은 미소를 그렸다. 지호의 굳건한 의지를 확인한 그는 내심 안도했다.

머쓱하게 웃은 지호는 화제를 돌렸다.

"참! 삼촌, 이번에 학교에서 연출팀을 꾸렸어요. 기존의 멤버들 몇몇이랑 새로 들어온 선배가 두 명 있는데……."

그는 시간의 흐름을 잊고 대화를 나눴다. 얼마 만에 다시 느끼는 온정(溫情)인지. 자신들의 일보다 더 경청해 주는 서재현과 이지은을 보며 내내 가슴 속이 따뜻했다.

그렇게, 헤이리의 밤이 깊어갔다.

*　　　　*　　　　*

며칠 후.

CYN엔터테인먼트 최태식은 서울 서초동의 한 룸 스타일 일식집에서 정상인을 만나 사업 이야기를 나누는 중이었다. 취기가 오르고 한동안 대화가 오가던 중 정상인이 며칠 전 있었던 일에 대해 말을 꺼냈다.

"회장님이 액션스쿨에 다녀가신 날 아주 재밌는 경험을 했습니다."

"재밌는 경험이요?"

"네. 웬 간 큰 녀석이 찾아왔더라고요. 저는 회장님이 말씀하신 CYN 소속 연습생인 줄 알았습니다. 그런데 알고 보니 글쎄, 영화감독이라지 뭡니까? CYN 연습생으로 오해할 땐 잠자코 있다가, 체력훈련 한 바퀴 돌고 나서야 좋은 무술 연기자들을 구할 수 있도록 도와달라고 부탁하더군요. 액션장르 장편영화를 찍을 생각이라고 하더라고요."

"허! 그런 일이 있었습니까? 직접 액션스쿨까지 찾아갔다면 제대로 된 무술 연기자가 필요하다는 건데… 그래서 어떻게 됐습니까?"

"상당히 젊은 친구였는데, 당돌하게 자기가 쓴 각본을 보여주더군요. 백문이불여일견(百聞不如一見) 아닙니까? 기대도 안하고 봤는데, 놀라움을 금치 못하겠더라고요. 각본만 봤는데도 탐나는 내용이었습니다."

"하긴, 그러니 정 감독께서 받아주셨겠지요."

"네. 각본이 별로였다면 헛짓 말라고 혼내서 돌려보냈을 겁니다."

공적인 부분에서 단호한 성격의 정상인이라면 그러고도 남을 사람이었다. 고개를 끄덕이며 술잔을 들어 올리던 최태식은 순간, 얼마 전 하나뿐인 외동딸과 나눴던 대화가 떠올랐다. 오랜만에 나눈 부녀간의 대화라 더욱 선명했다.

유나는 가끔 터닝 포인트를 말할 때 〈완벽한 인생〉 촬영을 꼽았다. 그다음 당시 깨달음을 주었던 〈완벽한 인생〉의 감독 신지호에 대해 열거했다. 그에 대한 이야기를 한 번 시작하면 어떻게 고등학생 신분으로 대학생들과 영화를 만들어냈는지, 미장센 영화제에서 최우수상을 수상하게 됐는지 등을 자신의 영웅담인 것 마냥 침이 마를 정도로 떠들어댔다.

최태식은 정상인을 찾아왔다는 학생의 이야기를 듣다 보니 괜스레 지호가 떠올랐다.

'요즘 그만한 추진력을 가진 젊은이들이 많았던가?'

좋게 생각하면 열정이고, 시쳇말로 해서 꼴통이다. 한 번 연관 짓기 시작하자 오랜 사업으로 다져진 그만의 촉이 반짝이기 시작했다.

'안 그래도 같이 작업하게 될지 모른다고 들떠 있던데, 설마……?'

유나를 생각하며 머릿속 퍼즐을 맞춘 최태식은 정상인의 말이 끝나기를 기다려 물었다.

"음, 얘기를 듣다 보니 떠오르는 친구가 있어서 그런데… 혹시 그 친구의 이름을 알 수 있을까요?"

"이름이요? 신, 뭐라더라… 아! 신지호라고 하더군요."

이름을 듣고 깜짝 놀란 최태식이 눈을 치켜떴다.

"하! 설마해서 물었는데……."

정상인이 의아한 얼굴로 물었다.

"그 친구를 아십니까?"

"그럼요. 아다마다요."

"허. 이런 일이. 세상 참 좁다더니… 살다 보니 별일이 다 있습니다."

최태식은 고개를 끄덕이며 말했다.

"하하, 이제야 이해가 되는군요. 그만한 외모면 정 대표님이 제가 보냈다고 착각했을 법도 합니다. 영화배우가 따로 없지요?"

"최 대표님 말씀처럼 정말 잘생긴 친구더라고요. 실례지만 두 분 관계가 어떻게 되십니까?"

정상인이 조심스레 물었다.

그에 최태식은 잠시 망설였다. 뭐라고 해야 할지 선뜻 떠오르지 않았던 것이다. 비즈니스 관계에서 관계를 말할 땐 한마디, 한마디가 중요했다.

술을 한잔 들이키는 시간 동안 속을 정리한 최태식은 비운 술잔을 내려놓고 입을 열었다.

"제 여식이 은인으로 여기는 상대입니다."

뜻밖에 대답을 들은 정상인은 깜짝 놀랐다.

"따님의 은인이요?"

"음. 애비인 내가 해결해 주지 못했던 응어리를 풀어주었다고나 할까요."

최태식은 자초지종(自初至終)의 대부분을 생략했다. 비록 지난 일이라도 집안일이었기 때문이다.

정상인도 더는 묻지 않고 얼버무렸다.

"이렇게 연결되다니, 그 친구와 인연이 깊군요."

"허허, 그래서 인생이 재미있다고들 하지 않습니까? 생각보다 더 놀라운 일이 만연하고 한 치 앞도 모르는 게 바로 인생이니까요."

화두를 연 최태식이 이어나갔다.

"제가 말하고 싶은 건, 정 감독이 그 친구와 가깝게 지내서 해될 일이 없다는 점입니다."

굳이 득될 건 또 뭐란 말인가?

정상인은 자존심이 상했다.

'내가 그런 어린애한테 득볼 사람처럼 보였던가?'

속은 편치 않았지만 겉으론 애써 웃으며 대답했다.

"하하. 말씀하시는 것처럼 각본을 보고 놀랐습니다. 재능이 대단한 친구더군요. 저도 그러니까 무술 연기자들을 연결해 준 겁니다. 방송 3사, 지명감독의 작품만 참여한다는 저희 계약 기준을 대표님도 아시지 않습니까?"

그 말을 듣고도 최태식은 고개를 저었다.

"지호 학생에 대해 잘 모르시나 보군요."

"예?"

"어떤 이력이 있는지 자기 입으로 말하지 않았나요?"

"예. 자신을 영화감독이라고 소개한 것 외에는……"

"허허. 그럼 그럴 수 있습니다. 한국예술대학교에 스카우트됐다는 것도 듣지 못했겠군요."

"예? 한국예술대학교에요?"

정상인은 크게 놀랐다. 그 역시 한국예술대학교 출신 감독이나 스태프, 배우들과 함께 작업을 해본 경험이 있었다. 따라서 한국예술대학교만의 교육관을 알고 있었다.

'한예대는 아무리 돋보이는 인재가 나타나도 절대 먼저 나서서 스카우트하지 않는다고 했는데?'

역사와 전통이 긴 중영대나 한일대를 누르고 예술분야 1지망이 된 이면에는 이런 특별한 주관이 크게 적용했다.

"대표님도 아실지 모르겠지만 한예대는 자존심 높기로 유명한 곳입니다. 이미 타 학교를 졸업했거나 현역으로 뛰고 있는 프로들도 입학을 희망할 정도로요."

"물론 저도 그 정도는 알고 있습니다."

최태식은 빙긋 웃었다. 그는 처음 말을 했을 때부터 상대가 쉽게 믿지 못하리란 것을 예상했다. 굳이 따지자면 대한민국 최고의 예술 대학에서 지호 한 명 때문에 지금껏 지켜온 고집을 꺾은 것이다.

"하지만 진실입니다. 정 대표님. '천재 양성소'라 불리는 한예대에서 자존심을 잠시 내려놓고 손짓했다면, 지호는 천재 중에서도 특별하다는 뜻 아니겠습니까?"

정상인은 할 말을 잃었다. 사실이라면 맞는 소리다. 이는 한국예술대학교의 까다로운 운영 방식만 봐도 알 수 있다.

먼저, 입시에서 실기 비중이 압도적인 만큼 실기 시험만 3일에 걸쳐서 치른다. 정원이 만원이 되지 않아도 뽑을 학생이 없으면 과감히 정원을 줄인다. 뿐만 아니라 1, 2학년은 외부 활동을 금지시킨다. 단, 외부 작품에 구성원으로 참여하거나, 워크숍에서 인정을 받았을 경우에만 영화제 출품 등의 외부 활동이 허용된다. 이는 개개인이 프로가 되었을 때 내보내자는 한국예술대학교만의 이념과 전통 때문이었다.

그때 최태식이 2연타를 터뜨렸다.

"설마, 미쟝센 영화제에서 최우상을 받은 사실도 모르시는 겁니까?"

"예? 그, 그건 또 무슨……."

정상인은 눈을 동그랗게 뜨고 다시 물었다.

"제가 아는 그 미쟝센 영화제 말씀이십니까? 최우수상이요?"

미쟝센은 많은 신인 감독들의 등용문이자 단편제 중 난이

도가 높은 영화제다.

'난 미쟝센에서 신지호라는 이름을 본 적이 없는데?'

작년에도 미쟝센 영화제에 참석했지만 접한 적 없는 이름이었다. 그 점을 콕 집어 생각해낸 정상인이 말했다.

"하하. 저, 대표님. 너무 짓궂으십니다! 저도 작년 미쟝센에 참석했었는걸요."

"아! 작년이 아닙니다."

"예?"

"삼 년 전 미쟝센 영화제 최우수상 수상작을 얘기한 겁니다."

그 말에 정상인은 삼 년 전을 떠올렸다. 분명 당시는 배우 트레이닝을 위해 해외 출장 중이었다.

'설마 방금 들은 말이 모두 사실이라고? 그럼 도대체 몇 살 때 수상을 했다는 거야?'

최태식은 마치 속마음을 들은 것처럼 말을 이었다.

"그때 지호 학생 나이가 아마, 열일곱 살이었겠군요."

쿵.

충격을 받은 정상인은 입을 반쯤 벌린 채 굳어버렸다.

"그, 그럴 수가……."

"제가 들은 건 여기까집니다. 저는 이 대목만으로도 앞으로 장차 거목이 될 것 같다는 생각이 들었습니다. 제가 영화제작사 대표도 아니고, 접점이 없으니 눈여겨보고만 있지만… 나중에 언제든 영화를 만든다고 도움을 청한다면 제작비 투자나 배우 투입에 대해 적극적으로 지원사격할 계획입니다."

*　　　*　　　*

같은 시각, 지호는 간질간질한 귀를 후벼 파고 있었다.

"누가 내 욕 하나?"

그때 맞은편에 앉아 있던 성진이 완성된 콘티를 내밀었다.

"자, 여기!"

"이야. 매번 느끼지만 그림 하난 정말 끝내준다."

지호는 A4용지 위에 역동적인 장면을 보며 감탄했다.

"고맙다. 너무 섬세하게 그려줘서 미안할 지경이야."

"흥! 내 손으로 그리는 그림인 이상, 대충은 못 그린다."

성진은 나름대로 고집스러운 구석이 있었다. 자신이 그렸는데 조금이라도 엉성하면 참을 수 없어했다.

'콘티는 사실 디테일이 필요 없는데.'

지호는 굳이 그 점을 거론하지 않고 화제를 돌렸다.

"요즘 배운다는 CG기술은 할 만해?"

"음. 그림을 처음 배울 때 정도?"

"그럼 엄청난 거 아니야? 너 그림 그리고, 애니메이션 보고,

컴퓨터 게임하고, 이 세 가지밖에 안하잖아."

"재밌는 편이지. 꽤 어렵지만."

고개를 끄덕이며 인정한 성진이 갑자기 생각난 듯 물었다.

"근데 유나 양이랑은 언제 볼 수 있는 거냐?"

"오디션 보고, 촬영 시작되면 한번 놀러와."

"내가? 촬영 현장에? 난 상관도 없는데?"

성진은 생각만 해도 떨리는지 몇 번을 물었다.

그에 지호가 대수롭지 않게 대답했다.

"무슨. 콘티 그려줬으니까 너도 참여한 거지."

"지호……!"

성진은 감격한 눈이 됐다.

이럴 때면 부담스럽다.

"까르보나라 열 접시 삶아먹은 것 같은 표정은 유나 누나한
테나 하고, 이것 좀 읽어봐."

지호가 책상에 올려뒀던 시나리오를 건넸다.

A4용지 묶음을 받은 성진이 한 장씩 넘겨가며 물었다.

"지호! 나한테 이걸 왜 보라는 거지?"

"아, 좀. 대충 읽지 말고 자세히 좀 읽어봐."

"음. 좋군……."

미적지근하게 감탄한 성진은 눈치를 보며 되물었다.

"그런데, 나한테 이걸 왜 보라는 거지?"

"거기 보면 액션 씬들 있잖아?"

"…상당히 찍기 힘들 것 같군."

"그래. 그건 그렇고, 한번 말해줘 봐."

"뭐를?"

고개를 든 성진은 씨익 웃는 지호의 표정을 보더니 동공지진을 일으켰다.

"설마……."

순간, 지호가 물었다.

"좀 어때? CG 입힐 부분이 보여?"

*　　　*　　　*

위기감을 느낀 성진은 고개를 세차게 저었다.

"혹시라도 내게 CG를 부탁할 생각이라면 거절한다. 난 콘티까지만 도와줄 생각이야!"

"뭐, 그래. 그것만 해도 어디야?"

너무 쉽게 물러서니 오히려 불안하다.

'저 자식. 대체 무슨 꿍꿍이지?'

성진은 딴청 피우며 지호의 눈치를 살폈다.

그때 귓가로 지호의 혼잣말이 들려온다.

"여자는 남자 일하는 모습에 반한다던데……."

"신지호! 너 그렇게 사람 감정 이용하는 거 아니다."

"이용은 무슨. 친구로서 팁을 알려주는 것뿐이야."

지호는 자신의 침대에 벌러덩 드러누우며 말을 이었다.

"솔직히 넌 일할 때가 가장 멋있거든."

"음……."

갈등하는 표정을 보던 지호가 씨익 웃었다.

"결정은 네가 해. 강요하고 싶은 생각 없다. 그쪽 계통을 공부한 지 얼마 안 된 너한테 CG를 맡기는 건 솔직히 내게도 모험이거든."

"그, 그건 그렇지?"

성진은 지호의 속마음이 선뜻 이해되지 않았다.

"그런데 왜 나한테 맡기려는 거지?"

"너한테 맡겨도 잘해낼 수 있을 거라는 믿음이지. 고등학교 때부터 룸메이트였던 파트너로서의 믿음이랄까?"

CG를 입힌다면, CG 부분을 고려해 섬세한 계획을 짜고 촬영을 진행해야 한다. 촬영이 끝난 뒤 편집 과정에서 성진이 어설프게 작업했다간 영화 자체가 허접해질 수 있는 것이다. 그럼 다시 찍거나 그대로 내보낼 수밖에 없다.

'정말 날 그만큼 믿는 건가?'

성진은 울컥했다.

집에서든 밖에서든 별종 취급을 받으며 무시당해왔다. 그럴 때면 여전히 지금도 상처를 받지만 애써 무딘 척을 해왔다. 그런데 지호만은 자신을 인정해 주고 동료로서 인정해 주고 있었다. 생사고락(生死苦樂)을 함께하는 소년 만화의 주인공들처럼.

"크흑!"

성진은 촉촉해진 눈가를 훔치며 외쳤다.

"지호! 무엇이든 말만 해라! 내 신의를 걸고 널 돕겠다!"

"하하하, 그렇게까지야……"

지호는 어색하게 웃었다. 이처럼 쓸데없이 비장한 모습은 언제 봐도 적응이 안 된다.

"뭐, 어쨌든 고맙다. 너무 부담 갖진 말고 편하게 공부한 거 연습한다는 생각으로 해주면 돼. 어차피 몇 달 남았으니까 촬영 끝나고 편집 들어가면 다시 얘기할게."

CG없이 촬영해야 하나 싶었는데 잘된 일이었다. 성진 덕분에 더 스펙터클한 액션을 만들 수 있게 된 셈이다.

성진은 다시 한 번 흔쾌히 대답했다.

"언제든 말만 해라. 최선을 다해 도와줄게!"

*   *   *

다음 날, 지호는 교내 커피숍에서 기철과 단둘이 만났다.

현재까지의 진행 사항을 듣기 위해서였다. 자리에 앉기 무섭게 기철이 물었다.

"무술 연기자는 어떻게 됐어? 구했어?"

"음, 생각보다 잘 풀린 것 같아요. 형도 정상인 무술감독 아시죠?"

"아다마다! 우리나라 무술감독 중 최고잖아?"

"그분을 만났어요. 액션스쿨 대표시더라고요."

"허. 한가한 사람이 아닐 텐데?"

"그게, 제가 진짜 운이 좋았죠."

지호는 곤란한 표정으로 웃었다. 정말 '운이 좋았다'고밖에 표현할 수 없는 신기한 경험을 했기 때문이다. 모험담을 말해주고 싶었으나 다음으로 미뤘다.

"어쨌든 우연히 기회가 됐어요. 그 결과 액션스쿨 산하 교육기관에서 무술 연기자들을 섭외할 수 있게 되었고요. 개런티는 교육기관과 협의를 해봐야 될 것 같아요."

"후, 날로 판이 커지네."

기철은 긴장한 얼굴로 말을 이었다.

"너에 대해 잘 모르는 사람이라면 거짓말을 한다고 생각할 거야. 이런 일이 성사됐다는 것만 해도 소설에서나 나올 법한 이야기니까."

"에이, 하지만 때때로 그런 일들이 현실에서도 일어나잖아요? 이상에 도전할 용기와 중도 포기하지 않을 끈기만 있으면 저는 뭐든 가능하다고 생각해요."

순간 기철은 예전에 교수님에게 들었던 일화 하나가 떠올랐다. 세계 영화계를 주름잡는 거장 스티븐 스필버그(Steven Spielberg)는 열일곱 살 무렵 캘리포니아에 놀러갔을 때, 유니버셜 스튜디오 버스 투어에 참가했었다. 그는 투어 중간에 몰래 화장실에 숨어 버스가 떠나길 기다렸고, 이후 버스가 떠나자 스튜디오에 남아 제집처럼 탐구하는 대담한 행동을 했다. 그러길 여러 차례. 보안이 철저한 유니버셜 스튜디오에 통행증 없이 출입할 수 있게 되는 예외적인 경우를 만들어냈다.

'어떠한 상황에서도 대담할 수 있는 자질이라.'

기철은 지호가 부럽기도, 대단해 보이기도 했다. 자신보다 나이는 어렸지만 영화감독이 되기에 타고난 자질을 가지고 있었다. 그는 가슴속에 꽃피는 질투심을 관망하며 자조적으로 웃었다. 그리고 농담조로 던졌다.

"너 가끔 보면 되게 무모한 거 알지? 본인은 아무렇지 않게 말하지만, 그런 일은 아무나 쉽게 할 수 있는 일이 아니라고."

"하하, 좀 그런가요? 제가 욕심이 너무 많은가 봐요."

피식 웃은 기철이 고개를 저었다.

"뭐, 그게 너의 장점이기도 하니까. 어쨌거나 이제 액션 배우 문제는 전적으로 너한테 달린 셈이다."

"네. 책임지고 해결할게요."

대답한 지호가 이어 물었다.

"지금까지 캐스팅 상황은 어때요?"

기철은 미리 적어온 다이어리를 꺼내서 그대로 읽었다.

"네가 헤이리에 다녀오는 동안 팀원들이랑 같이 단역배우들 섭외는 마쳤고, 조연배우 오디션을 진행했어. 유력 후보들 오디션 영상은 녹화해 뒀으니까 네가 최종 결정을 내려주는 게 좋을 것 같다. 미쟝센 영화제 최우수상이라는 경력을 내걸고 뽑아서 그런지 꽤 많은 지원자들이 몰렸더라고."

"역시, 형은 뭐든 일사천리네요."

지호의 감탄에 기철은 입꼬리를 올리며 말을 이어나갔다.

"촬영 장소 섭외는 아직. 시나리오를 참고로 팀원들이 각자 탐방해서 후보 지역만 어느 정도 뽑아뒀어. 사진 파일 정리해서 메일로 보내놨으니까 이것도 네가 최종적으로 검토해서 알려줘."

"네, 형. 기숙사 돌아가는 대로 바로 확인할게요."

"그래. 그리고 남녀 주연 오디션은 목요일로 잡아뒀어. 네 말대로 용빈, 유나, 지원이한테 연락해 둔 상태고. 그 외에 외부 배우들도 열 명쯤 오디션을 보러 올 예정이야."

"배역을 두고 경쟁이 붙다니 예전과는 확실히 다르네요. 기분이 너무 좋아요."

"네 수상 경력이 있으니까. 너 말고 다른 1학년들은 배우 못 구해서 안달일걸? 나도 그랬었고. 아무리 학교 이름값이 있다고 해도 1학년 작품은 잘 안 하려고 해."

"아, 그래요?"

"당연하지. 〈완벽한 인생〉 때 용빈이랑 유나는 연기과 학회장이 보낸 거였고, 원래 연기과 1학년들은 선배들 수발들고 공연 올릴 때 무대 스태프 뛰느라 딴짓 못하거든. 게다가 연기과 2, 3, 4학년들은 대부분 같은 학년 연출과 애들이랑 작업하고. 결국 연출과 신입생은 외부에서 섭외를 하는 수밖에 없는데, 돈이 어디 있겠어? 연기 잘하든 못하든 적어도 식비, 차비 정도는 제공해 주고 부르는 거지. 노 개런티로 와서 연기해 준다는 배우가 있으면 땡큐고."

기철의 이야기는 적나라한 현실을 담고 있었다.

문득 지호는 겸손한 마음이 들었다.

'작은 것부터 충실해야 하는데, 내가 너무 들떠 있었는지도 몰라.'

일이 잘 풀리다 보니 은연중에 욕심을 키워가고 있었다.

뭐든 과유불급(過猶不及)이라고 했다. 너무 큰 욕심은 되래 화를 불러오게 마련이다.

'화려한 볼거리를 욕심내지 말자. 차곡차곡 알찬 내용을 담는 것부터 신경 쓰자.'

다짐한 지호가 기철에게 입을 열었다.

"형. 액션 씬은 화려하지 않게, 날것처럼 찍는 편이 좋겠어요."

"씬 수정에 들어가겠다고? 그럼 섭외 장소도 바꿔야 할 텐데?"

"네. 페이스 컨트롤(Pace control)이 가능하게끔 작품 비주얼을 낮추는 대신 컨디션을 올리는 편이 좋을 것 같아요."

"화려한 볼거리를 축소하는 대신 내실을 다지겠다, 이건데……."

뇌까린 기철은 고개를 끄덕였다.

"뭐, 그것도 좋은 생각이야. 그편이 멜로와 코드를 맞추기도 편할 것 같고. 그동안 시나리오를 읽으면서 어딘가 엇박자라는 생각이 들었는데, 바로 이거였어."

"안 그래도 '각본은 좋은데 연출이 힘들 것 같다'란 조언을 여러 번 들었었거든요. 지금까진 듣고도 흘려 넘겼는데 확실히 오버페이스가 될 수 있을 것 같다는 생각이 들었어요."

"내가 생각해도 일리 있는 조언이야. 단, 내용을 바꾸지 않는 이상 작품 난도가 높은 것도 마찬가지. 제작 예산이나 기술적인 부담이 줄어드는 만큼 미쟝센 구성은 더 까다로울 거다."

"음, 아무래도 그렇겠죠?"

동의한 지호가 덧붙였다.

"실은 형이 학교에서 연출했던 단편들을 구해서 봤어요. 그래서 말인데, 형이 즐겨 쓰시는 꺼칠꺼칠한 느낌의 연출이 필요해요."

말을 들은 기철은 움찔했다. 자신의 작품을 누군가에게 보여주는 일은 항상 치부를 드러내는 일처럼 부끄럽다.

"지금껏 내 작품 활동의 목표는 하나였어. 어떻게 하면 관객들이 시청각만으로 최대한의 현장감을 느낄 수 있을까에 대한 탐구였지."

그는 용기 내서 설명을 시작했다.

"내용이 재미없다는 평을 엄청나게 들어야 했지만 미술, 음향 부분에선 언제나 극찬을 받았었어."

연출이나 각본이나 자신만의 색깔이 있다. 그 색깔이 대중적이든 독특하든 자신의 스타일을 고수할 수밖에 없다. 자신만의 색깔을 버리면 더는 영화의 생명력이 사라지기 때문이다. 기철의 경우만 해도 코드 자체가 흥행 코드와 많이 달랐다.

그는 말을 이었다.

"난 연출과 각본의 색깔 배합이 안 맞아. 그렇다 보니 나만의 연출 스타일을 살리기 위해 각본 쓰는 걸 거의 포기한 셈이고. 이 두 가지를 다 잘하는 감독은 상당히 드물어."

감독들의 활동 범위는 크게 각본, 연출, 제작, 이렇게 세 가지 분야로 나뉜다. 이중 지호는 각본과 연출에 탁월한 능력을 보이고 있었다.

"…실은 네게 각본을 부탁한 것도 이러한 이유야. 넌 축복받은 능력을 가졌어."

"하하하……."

지호는 머쓱하게 웃었다. 난감하다. 항상 이런 순간이면 낯간지럽고 할 말이 없었다. 그는 긍정도, 부정도 하지 않았다.

'그저 열과 성을 다해 몰두할 뿐이야.'

누가 뭐라던 일희일비(一喜一悲)하지 않고 정진하는 것.

단지 그뿐이었다.

*　　　　*　　　　*

기숙사에 돌아온 지호는 메일함을 확인했다. 기철에게서 도착한 이메일 첨부 파일에는 오디션 동영상이 알아보기 쉽게 정리되어 있었다.

"역시 기철이 형이야."

과연 일처리가 깔끔하다.

지호는 책상 앞에 앉아 턱을 괴고 동영상을 하나씩 돌려보기 시작했다. 혹시나 놓친 부분이 있을세라 여러 번 돌려보길

마다하지 않았다.

'기철이 형 말대로 다들 연기 수준이 높은데?'

영화제 수상 경력과 대학교 이름값이 톡톡히 어우러진 결과 제법 실력 있는 연기자들을 불러 모으게 된 것이다.

배역에 대한 의지가 가득한 표정으로 진지하게 임하는 조연 후보 연기자들을 보며 지호는 마음 한구석이 뿌듯했다. 대신 선택은 더 어려워졌다.

"후. 어떻게 이렇게 죄다 잘해?"

명확한 기준을 세워야 한다고 결단을 내린 지호는 동영상 속 배우들을 분류하기 시작했다. 같은 대사라도 강하게 연기하는 배우가 있고, 유연하게 연기하는 배우가 있었다. 특징 별로 A시트와 B시트로 나눈 그는 양손바닥을 서로 비볐다.

'자, 이제 배역에 가장 가까운 이미지를 찾으면 돼.'

지호는 눈을 감고 정형화시켰던 캐릭터 이미지를 머릿속에서 지워버린 뒤 먼저 강직한 연기를 보여준 배우들을 배역에 대입했다. 모니터 가득 동영상을 켜놓고 재생과 정지를 반복하며 비교해 보았다. 비슷한 스타일의 연기를 모아놓고 감상하자 금세 수준 차이가 드러났다. 그리고 바탕 화면의 동영상을 하나씩 지워나갔다.

그다음, 유연한 연기를 보여준 배우들을 배역에 대입해 보았다. 마찬가지로 바탕 화면에 동영상을 한가득 띄워놓고 비교하며 하나씩 지워 나갔다.

이는 탁월한 방법이었다. 어렵지 않게 두 명의 동영상만 남길 수 있었던 것이다. 하지만 그때부터가 더 큰 고민의 시작이었다.

배역은 주인공에게 첩보 작전의 지령을 내리는 핵심적인 남한군 간부 역할. 고르고 고른 영상 속 40대 중년 배우들은 자신이 캐릭터가 되기보다 캐릭터를 자신에게 맞추는 법을 알고 있는 듯했다.

'둘 다 너무 잘 어울리는데 이를 어쩌지?'

도저히 무명이라고 볼 수 없을 정도로 뛰어난 연기력을 가진 배우들이 지원해 주다니!

배부른 고민이다.

"어떻게 결정해야 하지?"

지호가 고민하는 찰나.

성진이 불쑥 끼어들었다.

"흠. 내가 봐도 고민이 될 것 같군."

언제부터인가 힐끔힐끔 보고 있었던 듯했다.

밑져야 본전인 심정으로 지호가 물었다.

"네 생각은 어때? 이 둘 중에 누가 더 잘하는 것 같냐?"

"나야 연기를 안 해봤으니 그런 것까진 잘 모르겠고……."

말끝을 흐리던 성진이 고개를 갸우뚱하며 되물었다.

"꼭 한 명만 선택해야 하는 거냐?"

"응?"

"남는 배역이 있으면 둘 다 캐스팅해도 되는 거 아닌가?"

예상치 못한 물음에 지호는 무릎을 탁 쳤다.

'그래!'

자신도 모르게 정해진 틀 안에 갇혀 고정관념을 갖고 있었던 것이다. 성진의 말처럼 남는 배역이 있는 건 아니지만, 배우를 버리기가 정 아깝다면 배역을 늘리는 것도 한 가지 방법이 아닌가?

'자칫 작품이 중심을 잃을 수도 있는 도박이긴 하지만… 캐릭터를 추가한 뒤에 잘 활용해 내용의 빈틈을 메울 수만 있다면?'

아직 확신은 금물이지만, 두 중년 배우가 보여준 상반된 연기의 합은 물과 나무처럼 조화를 이룰 수 있는 가능성이 보였다.

'오디션을 한 번 더 봐야겠어.'

씨익 웃은 지호가 성진을 보며 말했다.

"고맙다, 짜식."

"음? 내가 도움이 된 건가?"

"근사한 밥 한 끼 살게!"

성진의 어깨를 두드린 지호는 바로 기철에게 전화를 걸었다. 곧 수화기 너머에서 기철의 목소리가 들려왔다.

　—여보세요?

　"형. 통화 괜찮으세요?"

　—응. 무슨 일이야?

　"혹시 목요일 주연배우 오디션 때, 조연배우 최종 오디션도 같이 진행할 수 있을까 해서요."

　—조연배우 최종 오디션?

　"네. 두 명으로 추려졌는데 둘 다 놓치기가 너무 아까워서요."

　잠시 망설이던 기철이 대답했다.

　—뭐, 무튼 알겠다. 이름 문자로 보내주면 오디션 때 호출할게. 주연배우 오디션이 오후 8시니까, 오후 6시에 조연배우 오디션 보는 걸로 하자.

　"네, 감사합니다. 그렇게 해주세요! 최종 오디션 대본은 내일 아침까지 제가 메일로 보내둘게요."

　—그래.

　전화를 끊은 지호는 피아노 건반을 두드리는 모차르트처럼 타자를 치기 시작했다.

　타타타타탁!

　자판 위에서 노니는 손짓에 따라 순식간에 기존 각본이 바뀌었다. 머릿속에 퍼즐처럼 맞춰진 새로운 내용을 줄줄 써내려갔다. 정신이 팔린 사람처럼 꼼짝도 않고 앉아서 꼬박 한 시간을 내리 써낸 지호가 마지막 엔터를 탁! 치며 혼잣말을 했다.

"이걸 오디션 대본으로 써먹으면 되겠어."

이로서 '한국군 간부' 배역과 팽팽한 심리전을 펼치는 '북한 반군 간부' 역할이 탄생했다. 뿐만 아니라 두 배역 사이의 피 말리는 대사들도 추가됐다. 마침내 배우들이 연기하는 모습을 바라보는 일만 남은 셈이다.

지호의 얼굴에 맺힌 진한 미소를 본 성진은 고개를 내저었다.

"진짜 신들린 놈 같군."

Chapter 7
장편영화 프리프로덕션

목요일 수업이 끝나자 지호는 영상원 B동 207호로 갔다. 강의실 문 앞에는 '1학년 워크숍 작품 〈부산〉—오디션'이라는 팻말이 걸려 있었다.

지호는 두툼한 철문을 밀치고 들어섰다.

안에 있던 민수가 고개를 돌리며 인사를 건넸다.

"오, 호랑이도 제 말하면 온다더니!"

"그러게. 일찍 왔네."

책상을 옮기고 있던 기철이 대답했다.

두 사람은 미리 와서 강의실 구조를 오디션에 알맞게 배치

하고 있는 중이었다.

지호는 몸 둘 바를 몰라 하며 손목시계를 확인했다.

"이런… 제가 좀 더 일찍 왔어야 하는데."

"약속 시간보다 이십 분이나 먼저 와놓고선 무슨? 사랑하는 후배를 위한 서프라이즈 정도로 생각해."

민수가 익살맞은 표정으로 웃으며 말을 이었다.

"난 오디션 진행에 혼선을 빚지 않도록 교통정리를 맡을 생각인데. 어때?"

"아, 네. 당연히 좋죠."

기철이 고개를 끄덕이며 끼어들었다.

"난 오디션 영상을 녹화할게."

기철과 민수는 손발이 척척 맞았다.

지호는 그들이 직접 역할 분담하는 것을 존중했다. 자신이 연출이랍시고 손대지 않았다. 두 사람이 늘 호흡을 맞추던 대로 작업하는 편이 더 능률적일 것 같다고 판단한 것이다.

"그럼 전 끝나고 뒷정리하겠습니다. 부탁 좀 드릴게요, 선배님들."

"예이, 맡겨만 주시라요. 신 감독!"

에너지 넘치는 목소리로 대답한 민수가 오디션 명단을 챙겨서 강의실을 나갔다.

그 뒷모습을 바라보던 기철은 피식 웃으며 물었다.

"재밌는 놈이지?"

"하하, 유쾌하시네요."

"실없어 보여도 두뇌 회전이 빨라서 임기응변에 강한 놈이야. 스케줄 조정이나 현장에서 즉각적으로 대응해야 하는 조연출 업무를 주면 잘해낼 수 있을 거야."

지호는 기철의 말을 경청했다. 민수나 보현에 대해 잘 몰랐기 때문이다. 새로 합류한 두 사람을 보다 쉽게 이해하려면 기철의 도움이 필요했다.

기철이 입을 연 김에 말을 이었다.

"보현이는 조명을 잘 다뤄. 어디로 튈지 모르는 민수보단 묵직한 구석도 있고. 현장 전체를 아우르는 분위기를 잘 이끌기 위해선 물 같은 팀원도, 불 같은 팀원도 필요해. 나머진 네가 다루기 나름이고."

지호는 고개를 끄덕였다.

"네! 명심할게요, 형."

잠시 후 준비를 마친 지호는 간헐적으로 시간을 확인하며 참가자를 기다렸다. 심사를 해야 하는 지호 역시 오디션에 참가하는 배우만큼이나 자리가 낯설고 긴장됐다.

그때, 문이 살짝 열리며 민수가 고개를 내밀었다.

"배우 분들 도착했는데, 언제 들여보낼까?"

기철이 캠코더를 들고 일어서며 대답했다.

"십오 분 후."

"오케이!"

민수가 강의실을 나가자 지호가 물었다.

"에? 십오 분 후요?"

"일종의 기 싸움이지. 먹힐지는 모르겠다만……."

"기 싸움을 왜 해요?"

"배우와 감독은 역할이 분담돼 있잖아. 그래서 둘 사이에는 간극이 존재할 수밖에 없는 거고."

"그렇죠. 그럴수록 신뢰 관계 형성이 중요한 거고요."

"맞아. 하지만 이번 오디션 참가자들은 〈완벽한 인생〉 때 배우들과는 전혀 달라. 네가 이번에 뽑은 배우들은 독립 영화 판에선 꽤 인지도가 있는, 노련한 중년 배우들이지. 새파란 신인 감독을 떡 주무르듯 주무르려고 들 거야. 그래야 본인들이 촬영 내내 편하니까."

"에이, 설마 그렇게까지 하려고요."

"사람 나름이긴 하지만 제법 깐깐해 보이더라고."

어느새 15분이 지나 있었다.

기철은 캠코더 설치를 끝낸 후 초점을 잡았다.

순간 민수가 문을 열며 참가자들을 들여보냈다.

"이제 들어가시면 됩니다."

그 말에 따라 중년 배우 두 사람이 강의실로 들어서며 한마디씩 했다.

"사람을 몇 번이나 오라 가라 하나?"

"하하, 형님도 참. 하루 이틀 일도 아닌데요, 뭐."

"이러니 독립 영화판은 선후배도 없는 아마추어란 말을 듣는 거야. 신인 감독이 중견 배우를 사람 시켜서 오라 가라 하는 경우도 있나? 선배님, 선생님 하며 극진하게 대우하면 했지."

"지당한 말씀이지만, 요즘 애들이 그렇잖아요."

말총머리 배우가 떵떵거릴 때마다 턱수염을 기른 배우가 목소리를 낮추며 대답했다.

지호는 전혀 예상치 못한 상황에 난색을 표했다.

'이게 무슨 상황이지?'

쇠 파이프만 안 들었지 건달이 따로 없다.

그럼에도 기철은 묵묵히 서 있을 뿐 아무 도움도 주지 않았다. 그는 지호가 어찌 반응하나 흥미롭게 지켜보고 있을 뿐이었다.

마침내 평정심을 되찾은 지호가 입을 열었다.

"두 선배님들께선 위치해 주십시오."

표정과 음성이 딱딱하게 나왔다.

"우리 감독님. 성나셨나 보군."

"그러게 말입니다, 형님."

지호는 두 배우의 껄렁한 태도를 개의치 않았다.

배우들도 1차 오디션 때까지는 발톱을 숨겼을 터였다. 하지만 지금은 배역이 어느 정도 확정된 2차 오디션이다. 촬영팀으로서도 배우를 바꾸기 힘든 상황이란 것을 알고 촬영을 대비해 기세등등한 태도를 보이는 것이다.

"자, 그럼 이제 연기를 시작해 주세요."

지호가 거두절미하고 말했다. 그는 턱을 괸 채 두 배우를 빤히 응시했다.

그러자 방금 전까지만 해도 감독인 지호를 휘어잡으려하던 두 배우는 진지한 표정으로 마주보고 섰다. 비단 지호 때문은 아니었다. 배우로서 프로 정신이 발동한 것이다.

'영상으로 봤을 때와는 또 달라.'

오디션이 시작되자 단숨에 전혀 다른 사람이 되는 배우들의 모습을 보고 살갗에 닭살이 돋았다. 그들은 노련한 배우들답게 자유자재로 감정 폭을 키우며 몰입했다. 서로를 바라보는 초조한 눈빛은 팽팽한 긴장감을 조성했다.

남북통일 후 어느 날. 부산의 최고급 호텔 '낙원'으로 테러범들이 들이닥쳐 인질극을 벌인다. 감금 끝에 사살당한 사람들은 대한민국 정부 요직에 있는 주요 인사들.

한국 정부는 사건 이후 감쪽같이 숨어버린 '북한' 출신 반군 테러범들 제거를 위해 요원들을 파견한다. 이 같은 첩보전이 벌어지는 상황에 첩보 단체의 수장들끼리 접선하는 장면이 바로 지금 두 배우가 보여주는 연기였다.

말총머리 배우는 반군의 테러 행위에 대해 강력히 추궁했지만, 턱수염 배우는 반군의 존재 자체를 부정했다. 심문 장면은 갈수록 거칠어지며 숨통을 죄여왔다. 오죽하면 그 장면이 끝났을 때, 지호와 기철은 동시에 참고 있던 숨을 내뱉었다.

"멋진 연기 잘 봤습니다. 선배님들."

지호는 깍듯하게 인사했다.

열과 성을 쏟아부은 두 배우는 이마에 송골송골 맺힌 땀을 닦아냈다. 그들 역시 썩 괜찮은 연기를 보여줬다는 생각이 드는지 후련한 표정을 짓고 있었다.

먼저 턱수염 배우가 대답했다.

"형님이 워낙 잘해주시니 보조만 맞췄을 뿐입니다."

말총머리 배우는 고개를 저으며 공을 지호에게 돌렸다.

"아니, 시나리오가 훌륭하니 몰입하기도 편했을 뿐이네. 자꾸 오라 가라 하는 건 마음에 들지 않았지만 인정할 건 인정해야지. 아직 어려 보이는데, 각본은 감독님이 직접 쓴 건가?"

"네. 제가 직접 쓴 각본입니다. 분명 두 선배님을 뵙기 전에 쓴 각본인데도, 배역이 마치 잘 맞는 옷을 입으신 것처럼 잘 어울리셨습니다. 연기를 보고난 뒤 각본을 쓰며 상상했던 것보다 훨씬 강렬한 생동감을 느꼈어요."

빙그레 웃은 지호가 말을 이었다.

"…저희와 함께해 주실 수 있을까요?"

*　　　　*　　　　*

한편 유나는 아침부터 들떠 있었다. 등교하기 전 거울 앞에 서서 여러 번 옷을 바꿔 입어 보았다. 그러던 중 문득, 예전 지호에게 들었던 말이 떠올랐다. 그는 '예쁜 여배우'보다 '멋진 연기'를 요구했었다.

"휴. 내가 뭐하는 짓이람."

유나는 입고 있던 옷을 벗어 던지고 편안한 블랙 레깅스와 헐렁한 연기과 티셔츠로 갈아입었다.

방문을 열고 나서자 거실에서 신문을 보고 있던 최태식이 고개를 계단으로 돌리며 물었다.

"우리 딸, 학교 가니? 허허허. 오늘도 아주 예쁘구나!"

"네, 다녀올게요!"

현관문을 열고 나선 유나는 자신의 쿠페를 타고 등교했다. 영상원 건물 앞에 차를 세운 그녀는 시간을 확인했다. 오디션 시간보다 30분이나 이른 시간이었다.

"음, 남은 시간 동안 뭐하고 있지?"

유나가 두리번거리던 찰나. 멀리서부터 익숙한 실루엣이 눈에 들어왔다.

바로 동기인 용빈이었다. 그는 군 제대를 한 지 얼마 되지 않아 바짝 자른 머리로 걸어오고 있었다.

"야, 조용빈!"

유나가 크게 부르자 용빈이 손을 흔들며 화답했다.

"뭐야, 오늘 해가 서쪽에서 떴나? 네가 웬일로 이렇게 일찍 도착했어?"

"아아! 언제 적 얘기야? 나 이제 시간 약속 잘 지키거든?"

"하긴."

용빈이 고개를 끄덕였다. 유나는 〈완벽한 인생〉 촬영 후 많이 변화했다. 곁에서 봐도 느껴질 정도였다. 선배들이 주관하는 연습에 빠지지 않고 참여하며 먼저 다가가기도 하고 여러 차례 공연도 올렸었다. 4학년이 된 지금은 학교 연극에서 주연을 맡을 만큼 향상된 연기력을 보여주고 있었다.

'많이 변하긴 했지.'

내심 수긍한 용빈이 말했다.

"일단 들어가 있자. 오랜만에 지호 얼굴 보겠네."

유나는 보조석에서 대본을 꺼낸 뒤 대답했다.

"앞장서."

"네에, 마님. CYN 대표 따님이신데 친절히 모셔야죠. 아버님한테 내 얘기는 종종 하고 있지?"

용빈이 묻자 유나가 씨익 웃으며 새침하게 대답했다.

"글쎄, 너 하는 거 봐서."

"야, 야! 됐다, 됐어. 치사하게 금수저 티 내냐?"

툴툴거린 용빈이 영상원 2층으로 성큼성큼 올라갔다. 오디션 장소가 가까워질수록 긴장감과 기대감은 점차 높아졌다.

'이번 배역은 꼭 따내고 만다!'

무려 액션영화 주연이다. 뤽 베송(Luc Besson) 감독의 명작 '레옹'을 보고 배우가 되기로 결심했던 용빈으로선 절대 포기할 수 없는 배역이었다.

굳게 마음을 먹고 2층 복도에 도착한 용빈은 자신의 예상과 전혀 다른 상황에 직면하고 입을 딱 벌렸다.

"헉! 이게 뭐야?"

좁은 복도에 열 명 남짓 되는 참가자가 붐비고 있었다. 〈완벽한 인생〉 때와는 달리 경쟁자들이 존재하는 것이다.

그 순간 유나가 용빈의 어깨를 두드리며 말했다.

"〈완벽한 인생〉이 미쟝센 영화제에서 최우수상을 수상했었어. 우리한테 영화제 직후 여러 가지 제안이 들어왔던 것처럼 지호에 대한 평가도 달라진 것뿐이야."

〈완벽한 인생〉은 뛰어난 연출력이라는 평을 받았지만, 그
에 비해 배우들의 연기가 다소 부족했다는 말을 듣기도 했었
다.

그럼에도 불구하고 제작에 참여했던 배우들에게도 여러 번
섭외 제안이 오갔다는 건 대단한 성과였다. 비록 상업적인 영
화·방송 활동을 금지한단 교칙 때문에 번번이 거절할 수밖에
없었지만.

'이전보다 더 긴장해야겠네.'

참가자들을 보며 불안감이 든 용빈은 대본을 다시 꺼내보
며 심기일전(心機一轉)했다.

*   *   *

조연 오디션을 마친 지호는 다음 주연 오디션의 참가자 명
단을 검토했다. 용빈과 유나를 제외한 나머지는 손발을 맞춰
본 적 없는 배우들이었다. 반면 경력으로는 용빈과 유나가 가
장 초라하다.

"조연 오디션도 그렇고, 생각보다 쟁쟁한 배우들이 참여했
네요."

상업 영화 오디션조차 뜨내기 배우들이 몰려드는 걸 감안

하면 이는 보기 드문 현상이었다.

기철도 공감하는지 맞장구를 쳤다.

"나도 그렇게 생각해. 아무래도 네가 인복(人福)이 있는 것 같다."

"하하, 그건 그래요. 〈완벽한 인생〉만 해도 좋은 팀원들을 만났으니까요."

고개를 끄덕이던 기철이 불쑥 화제를 돌렸다.

"감독은 냉정과 열정을 겸비해야 되는 거 알지?"

"네, 형. 저도 배우를 섭외할 땐 객관성을 가져야 한다고 생각해요."

그때 민수가 문틈으로 얼굴을 내밀며 말했다.

"시간 다 됐어! 배우들 언제 들여보낼까?"

이번에는 지호가 대답했다.

"바로 들여보내주세요, 선배님."

"오케이!"

민수가 나가고, 머지않아 배우 한 명이 들어왔다. 고개를 꾸벅 숙인 그는 자기소개를 한 뒤 망설임 없이 연기를 시작했다. 이미 여러 번 오디션을 겪어본 듯 떨지 않고 준비해 온 대로 연기했다. 몸에 밴 동선과 대사만 봐도 얼마나 열심히 준비해 왔는지 알 수 있었다. 그럼에도 배우는 전혀 티내지 않고 묵묵히 연기를 보여주었다.

'자연스러워.'

지호는 내심 감탄했다.

연기는 열심히 한 티가 날수록 엉망이 된다. 준비된 연기는 연습한 적이 없는 것처럼 인위적이지 않고 자연스럽다.

앞에 서 있는 배우는 여기에 해당하는 좋은 연기를 보여줬지만, 정작 지호는 뭔가 마음에 걸리는 표정이었다.

차가운 인상 자체는 대본상 냉혹한 연기의 완성도를 높여 줬지만, 후반부에 나올 나약한 이면에는 부적합할 것 같은 느낌이었기 때문이다.

"나가시기 전에 연기 하나만 더 보여주세요. 이 부분은 즉흥 연기로 진행하겠습니다."

배우의 표정이 일순간 복잡해졌다.

지호는 개의치 않고 연기를 주문했다.

"주인공은 훈련받은 킬러지만 임무 수행을 하는 과정에서 인간적인 고뇌에 빠집니다. 팀은 분열하기에 이르고 급기야 팀원들도 하나씩 암살되고 말죠. 결국 주인공은 자신이 제거한 목표들처럼 언제고 자신도 제거당할 거라는 두려움에 시달립니다. 이런 상황에서 어떻게 하시겠습니까?"

배우는 냉혹한 킬러의 모습을 담고 있는 오디션 대본만 본 상태다. 후반부 내용을 전혀 모르는 상태에서 스스로 구상해 내야 하는 것이다.

배우는 이 갑작스러운 질문에 당황할 수밖에 없었다.

"…네! 한번 해보겠습니다."

그는 시도해 보았다. 의자를 갖다놓고 앉아 고뇌하는 모습을 보여줬다. 가족에게 전화를 걸어 하소연을 하기도 했다.

한편 지호는 연기가 멈출 때까지 표정 없는 얼굴로 기다렸다.

'아쉽네. 앞서 보여준 냉혹한 모습과 너무 대조돼.'

생각한 그는 책상에 올려둔 평가지에 X표를 그렸다.

뒤에서 녹화를 하던 기철은 지호의 단호한 모습을 보고 놀란 얼굴이 됐다.

'꽤 잘한 것 같은데… 일말의 망설임도 없단 건가?'

지호는 그다음에도, 다음에도 X표를 그렸다.

지켜보고 있는 기철은 점점 혼란스러워졌다. 지호가 뭘 원하는 건지 점점 알 수 없게 됐다. 오디션 자체가 미궁 속으로 빠진 느낌이었다.

그때 문이 열리며 익숙한 얼굴이 들어왔다.

용빈이었다.

"안녕하세요, 6번 조용빈입니다."

자리의 모두가 서로를 알고 있었지만, 용빈은 바짝 긴장한 얼굴로 존댓말을 했다.

빙그레 웃은 지호가 인사를 건넸다.

"형, 오랜만이에요."

"그러게요, 오랜만입니다."

용빈이 어색하게 웃으며 딱딱한 말투로 대답했다.

이어 지호는 서류로 눈길을 돌리며 물었다.

"여기 보니까… 아크로바틱을 하셨었네요?"

"대학 입시 준비하면서 특기로 조금 했습니다."

"태권도 3단, 유도 3단이고요."

"격투기를 워낙 좋아해서……."

용빈이 머리를 긁적이며 머쓱하게 말했다.

흥미로운 이력을 나열한 지호가 고개를 들었다.

"확실히 액션 씬을 촬영할 때 유리할 것 같은 조건이네요."

용빈은 내심 시켜주길 바랐으나, 지호는 우선순위대로 주문했다.

"일단 연기부터 볼 수 있을까요?"

*　　　　*　　　　*

그 말에 따라 고개를 끄덕여 보인 용빈이 진지한 태도로 연기를 시작했다. 그의 연기는 다른 참가자들에 비해 손색이 없었다. 더군다나 특출한 무술 실력까지 겸비한 그였기에 배역은 이미 정해진 듯 보였다.

연기가 끝날 때쯤 기철은 확신했다.

'객관적으로 봐도 역시 배역에 가장 적합해.'

그 순간 지호가 평가지에 세모를 그려 넣었다.

'뭐야? 도대체 왜……'

기철이 의문을 떠올리기 무섭게 지호가 입을 열었다.

"잘 봤습니다. 혹시 따로 준비하신 특기가 있다면 보여주실 수 있을까요?"

"하하. 물론이죠."

용빈은 어느 정도 긴장이 풀린 듯 웃음을 보였다. 그는 공중제비를 돌고, 허공에 발차기를 해대며 화려한 몸짓을 선보였다.

바로 액션 씬에 투입 되도 충분할 만큼 멋진 모습이었지만 평가지의 세모 표시는 바뀌지 않았다.

특기까지 모두 본 지호가 말했다.

"실력이 상당하시네요. 형, 고생하셨습니다."

"헉, 헉… 네, 고맙습니다."

용빈은 숨을 거칠게 몰아쉬며 흐르는 땀을 닦아냈다. 고개를 숙여 보인 그가 강의실을 나가자, 그 뒷모습을 눈으로 쫓던 기철이 물었다.

"무술 실력도 그렇고, 내 생각에는 용빈이가 가장 적합한 것 같은데… 따로 원하는 게 있는 거야?"

"음."

지호는 난색을 표하며 대답했다.

"표정과 눈빛에서 심리 전달이 됐으면 해요. 용빈이 형도 그 점이 조금 아쉬웠고요."

"너무 욕심내는 거 아니야? 이제 남은 참가자도 한 명뿐인데."

기철이 걱정스럽게 말했다. 2차, 3차 오디션을 보면 그만큼 프리프로덕션 기간도 늘어나기 때문이다. 그렇게 되면 상대적으로 프로덕션 때 시간 압박을 받을 가능성이 컸다.

그 부분에 대해 지호는 일축했다.

"네, 형. 우선 남은 참가자까지 모두 보고 결정하는 편이 좋을 것 같아요."

"…오케이, 일단 보자."

그때 마침 민수가 마지막 참가자를 들여보냈다.

170㎝ 남짓 되어 보이는 왜소한 체구의 배우였다. 다부진 몸도 아니었으며 눈썹을 가리는 덥수룩한 헤어스타일, 메리야스 같은 티와 밝은 색 청바지는 촌스러워 보이기까지 했다. 한마디로 정리하면 지금까지 배우들 중 가장 초라해 보이는 참가자였다.

기철은 캠코더 뒤에서 고개를 저었다.

'게임 끝났군.'

동시에 지호의 두 눈이 짧게 빛났다.

"반갑습니다. 자기소개해 주세요."

배우는 높낮이가 없는 침착한 목소리로 대답했다.

"안녕하세요. 이름은 명선기. 나이는 스물세 살입니다."

수줍어 보이기까지 하는 간략한 소개였다.

명선기는 무뚝뚝하게 물었다.

"바로 시작해도 될까요?"

"네. 준비되셨으면 바로 진행해 주세요."

잠시 후 선기가 천천히 연기를 시작했다.

그 모습을 녹화하던 기철은 얼마 못 가 미간을 찌푸렸다.

'역시, 그럼 그렇지.'

생긴 대로 논다. 여기저기서 본 기존 배우들의 연기를 짜깁기해 흉내 내는 티가 역력했다. 우스꽝스러운 서커스를 보고 있는 것 같은 기분마저 들었다.

그럼에도 지호는 중간에 끊지 않고 연기가 모두 끝날 때까지 잠자코 있었다. 그 날카로운 눈빛을 보며 기철은 불쑥 불길한 예감이 들었다.

'설마……?'

선기의 연기가 끝나자 지호가 입을 열었다.

"실례가 안 된다면 앞머리 좀 올려주실 수 있나요?"

고개를 끄덕인 선기가 앞머리를 올려 보였다.

그 얼굴을 빤히 직시하던 지호가 살짝 웃음을 띤 채 말을 이었다.

"좋습니다. 이제 대본에 없는 즉흥연기를 해볼 거예요. 선기 씨는 훈련받은 킬러가 돼서 임무를 수행하던 중 도리어 상대 세력에게 쫓기게 됩니다. 팀원들이 하나 둘 죽어나가자 본인도 제거 대상에 올랐을 거라는 불안감에 휩싸이죠. 적의 정체는 물론, 어디서 어떤 형태로 나타날지조차 짐작할 수 없습니다."

"집요한 테러 단체나 살인마에게 쫓기는 기분이겠네요."

"음. 본인이 해석한 대로 연기에 임해주세요."

지호가 느슨하게 기다리자 보다 못 한 기철이 귓가에 대고 속삭였다.

"여배우 오디션도 봐야 돼."

"형, 조금만 시간을 주세요. 제 직감에 후회는 없을 것 같아요."

"네가 정 그렇다면… 알겠다."

기철은 하는 수 없이 물러섰다. 그러나 여전히 마음속은 불편했다. 아무리 봐도 시간 낭비였던 것이다.

한편, 두 사람은 목소리를 낮춘다고 낮췄지만 간과한 점이 있었다. 선기의 청각이 굉장히 민감하다는 사실이다. 대화를 모두 들었음에도 선기는 내색하지 않고 묵묵히 말했다.

"시작하겠습니다."

짧게 말한 선기가 책상 위로 올라가 쪼그려 앉았다. 그의 침착한 표정이 초조하게 물들었다. 눈빛만으로 하는 연기였기에 자세히 보지 않으면 알아챌 수 없는 변화였다.

건성으로 보던 기철은 알아채지 못했고, 시선을 떼지 않고 있던 지호만이 그 변화를 알아봤다.

'눈빛이 좋아.'

지호는 흙 속의 진주를 발견해 낸 것처럼 짜릿한 전율을 느꼈다.

그 순간에도 선기는 연기를 이어가고 있었다. 한참을 고뇌에 빠진 얼굴로 웅크리고 앉아 있던 그는 품 안에서 엄지와 검지만 쭉 편 손을 꺼냈다. 한눈에 봐도 총을 뽑았다는 것을 알 수 있었다.

지호는 선기의 모습에서 촬영과 편집을 마친 장면이 선명하게 떠올랐다. 상상하는 대로만 나온다면 관객들은 이 장면에서 긴장감에 숨도 제대로 쉬지 못할 터였다..

순간 선기가 관자놀이에 총구를 겨누고 육성(肉聲)을 냈다.

"틱! 틱틱틱."

불발탄(不發彈). 누군가 총알을 빼냈다.

여기까지 연기한 선기가 책상 위에서 내려왔다.

몰입하지 않고 있던 기철에게는 이 모든 과정이 아이들 장난 같아 보였다. 촬영과 편집이 없는 연기는 흡인력이 부족했고, 그의 관심을 돌릴 수 없었다.

아랑곳 않고 지호가 아쉬웠던 부분을 말했다.

"자살 시도를 했다가 실패하는 부분에서 끝난 게 좀 아쉽네요. 감정이 무너져 내리면서 소리 없이 오열(嗚咽)했다면 더 좋을 뻔했습니다."

"아……!"

선기가 나직이 감탄했다. 지호의 한마디로 인해 스스로 배역에 대한 몰입도가 부족했다고 느낀 것이다.

하지만 정작 지호의 표정은 꽤나 만족스러웠다. 그는 말을 이었다.

"반면에 관객들을 스크린으로 끌어당기는 힘이 있었어요."

"감사합니다."

선기는 얼떨떨한 표정으로 인사를 했다. 지금까지 많은 오디션을 봐왔지만 이런 극찬을 들은 건 처음 있는 일이었기 때문이다.

이때 지호가 물었다.

"내용 중 액션 씬이 더러 있습니다. 알고 계시죠?"

"네… 안 그래도 제가 몸치라서 지원하기 전에 고민을 많이

했었습니다."

"그렇군요."

지호는 의외로 실망한 기색이 아니었다. 그러나 다급해진 선기는 눈치를 볼 겨를도 없이 서둘러 말했다.

"하지만 어떤 액션이라도 한 몸 던져 임할 준비가 되어 있습니다."

편안한 미소를 띤 지호가 고개를 끄덕였다.

"열의가 대단하시네요. 오디션에 참여해 주셔서 감사합니다. 결과는 내일까지 문자로 안내해 드리겠습니다."

"네, 알겠습니다."

꾸벅 인사한 선기가 강의실을 나갔다.

강의실 문이 닫히기 무섭게 기철이 입을 열었다.

"네가 무슨 생각인지는 알겠지만 이번만큼은 반대다."

"참가자들 중 눈빛이 가장 좋았다고 생각해요. 다른 부분은 연기력으로 커버할 수 있더라도, 분위기는 단시간에 못 만들잖아요?"

"네 말처럼 천부적인 배우였다면 오디션에서 번번이 낙방을 안 했겠지."

기철은 유일하게 동그라미가 그려진 평가지를 눈짓했다. 그곳에는 명선기의 이력이 입력돼있었다. 수십 번 단역과 보조 출연을 했을 뿐, 변변한 배역은 하나도 없었다.

기철이 말을 이었다.

"그 정도 단역이나 보조 출연을 했으면 오디션 꽤나 보러 다녔단 거야. 냉정한 얘기일진 몰라도 지금까지 눈에 못 들었으면 앞으로도 힘들다는 전조다."

"형. 수십 년 무명 배우들도 있어요."

"예능 프로그램에 나와서 성공담을 늘어놓는 기성 배우 대부분이 어려운 시절에 활동했던 분들이다. 당시에도 대우가 열악했을 뿐, 연극판에서 이름을 떨쳤던 분들이 대다수야. 지금은 시대가 달라졌다. 원석을 발견하지 못하는 경우는 드물어."

지호는 모처럼 강경한 태도를 보이는 기철을 설득할 말이 떠오르지 않았다. 이대로 갑론을박(甲論乙駁)을 벌여봐야 제자리걸음일 것 같았다.

이 난관을 어떻게 헤쳐 나갈지 고민하는 찰나, 강의실 문이 살짝 열리며 민수가 눈치를 살폈다. 그는 손을 허리에 얹은 채 불편한 표정으로 서 있는 기철을 보자마자 물었다.

"이런 젠장. 마지막 참가자 오디션까지 다 끝난 거 아니야? 도대체 얼마나 더 기다려야 돼?"

"오 분."

기철이 대답하자 민수는 문을 쾅! 하고 닫아버렸다.

기철은 지호를 보며 말했다.

"일단 알겠다. 네가 연출이니까, 연출의 의견을 존중할게. 하지만 영화의 성패에 대한 모든 책임도 네 몫이란 것만 알아 둬. 네가 주목받고 있는 만큼 그 책임 역시 클 거라는 것도. 상업 영화는 모두 장편이다. 단편이면 모를까, 장편은 실패하면 타격이 클 거야."

배우는 영화가 망해도 연기만 잘하면 화살을 피해갈 수 있다. 그러나 감독은 한 번 삐끗하는 순간 오랫동안 투자가 끊기고 기회를 놓친다.

지호는 가슴 한구석이 서늘해졌지만 자신의 판단을 믿었다. 그는 명선기란 배우의 저력을 확신하고 있었다.

'기철이 형조차 설득하지 못한다면 어떻게 각양각색(各樣各色)의 관객을 설득할 수 있을까?'

그런 생각을 한 지호가 대답했다.

"그럼 이렇게 하는 건 어때요? 용빈이 형과 명선기 배우에게 미리 양해를 구한 다음, 현장에서 리허설을 해보고 배역을 결정하는 거예요. 두 배우 중 주연이 확정되면 나머지 한 분은 조연으로 선발하죠."

"하, 임기응변도 한두 번이지, 번번이 이런 주먹구구식 연출은 곤란해. 너도 알잖아? 우린 정해진 스케줄과 각본대로 움직이는 거야. 그런데 이걸 자꾸 깨버리면 영화 자체가 망가질 수도 있어."

지호는 굳건히 자신의 의사를 표했다.

"물론 많은 사람들이 정해진 규칙에 따라 영화를 만들지만, 규칙을 따른다고 해서 영화가 잘된다는 보장은 없잖아요?"

기철은 일순간 말문이 막혔다.

영화감독이자 미국 연극계를 대표하는 극작가 중 한 명인 데이비드 마멧(David Marmet)은 희곡 〈스피드 더 폴로〉에서 '안전망은 없다'라는 대사를 썼다. 천재적인 듀오 영화감독 코언 형제(Ethan Coen, Joel Coen) 역시 이 대사를 교훈 삼아 영화를 만들었다고 한다.

이처럼 많은 천재 영화감독들이 재능에 자신을 내맡긴 채 정해진 법칙을 무너뜨리길 즐겼다.

'지호는 내가 상상했던 것보다 훨씬 넓은 범주의 천재가 아닐까?'

기철은 더 이상 지호를 재단할 수 없었다.

'이런 방식으로 만들어진 영화가 성공을 거둔다면… 내가 가진 상식은 모두 무용지물이 되겠군.'

그 와중에도 왠지 지호의 방식이 통할 것 같다는 믿음이 마음 한구석에서 무럭무럭 자라나고 있었다.

*   *   *

복도에서 기다리고 있던 유나는 팔짱을 낀 채 민수에게 물었다.

"우린 언제쯤 들어갈 수 있는 거예요?"

"하하. 안에서 지금 준비 중이니 잠시만 기다려 주세요."

민수가 언제 사 왔는지 편의점 봉투에서 과자를 건네며 네 명의 여배우들을 타일렀다.

"이것 좀 드시면서 편하게 기다리세요."

과자를 받는 다른 세 명의 여배우들과 달리 유나는 한숨을 내쉬고 사양했다.

"휴, 이제 곧 오디션인데 뭘 먹어요?"

그 순간 과자의 포장을 뜯던 여배우들의 손길이 멈칫했다.

한편 민수는 어색하게 웃으며 손목시계를 확인했다. 마침내 약속된 5분이 지나고 있었다.

"자. 이제 한 분씩 입장하시면 됩니다. 1번 참가자부터 들어가세요."

민수가 문을 열자 벌떡 일어난 유나가 털털한 걸음걸이로 안으로 향했다. 정면에 앉아 있는 지호를 본 그녀가 활짝 웃으며 인사했다.

"오랜만이에요, 신지호 감독님?"

＊　　　＊　　　＊

지호 또한 고민을 잊고 빙그레 웃었다.

"오랜만이에요. 반가워요, 누나."

"그새 더 잘생겨진 것 같네요."

"하하. 과찬입니다."

유나는 용빈보다 훨씬 여유로운 태도를 보였다. 그녀는 잊지 않고 기철에게도 인사를 건넸다.

"오빠도 오랜만에 뵙네요. 군대 가기 전에 만나고 처음이죠?"

"어, 안녕. 요즘 연극이랑 뮤지컬 활동 많이 한다고 들었는데. 팬들도 꽤 있더라?"

"학교 공연인데요, 뭘. 그나저나 다른 사람들은요?"

"나머지는 지금 촬영 장소 물색하러 나갔어."

이대로라면 인사치레가 끝도 없이 이어질 것만 같았다.

지호는 적당한 선에서 본론을 꺼냈다.

"자, 이제 오디션 진행 바로 시작할게요."

유나가 고개를 끄덕였다.

"참가 번호 1번 최유나. 연기 시작하겠습니다."

그 순간 지호의 시선이 예리하게 변했다.

닿으면 베일 듯 날카로운 눈길을 받은 유나는 가슴이 두근거렸지만 길게 숨을 내뱉으며 시동을 걸었다. 그녀는 단숨에 세상과 자신을 분리시키며 연기에 몰입했다.

마침내 대사가 들려오자 지호는 본능적으로 느꼈다.

'전과는 수준이 달라.'

예전에도 발판을 만들어준 것만으로 집요한 열정을 갖고 순식간에 성장했던 유나였다. 그때부터 달리기 시작해 점점 가속도가 붙은 재능이 지금 시점에 폭주한 것이다.

유나가 오디션 보는 배역은 비밀 임무를 위해 킬러가 된 주인공의 아내다. 주인공은 가정에 피해가 가지 않도록 하기 위해 가족과 떨어져 임무를 수행하지만 가끔 아내를 찾아간다. 아내는 영화를 통틀어 몇 번 나오지 않지만, 주인공에게 불안과 위안을 동시에 주는 중요한 역할이었다. 당연히 인상 깊은 연기가 필요했다.

'자칫 평범해 보일 수 있는 역할이고 평면적인 대사들인데 이목을 사로잡는다.'

지호는 감탄하지 않을 수 없었다.

깔끔하고 편안한 대사 처리가 또렷하게 귓속으로 박혔다. 표정과 동선도 한 몸이 되어 활어처럼 생생하게 움직이며 연쇄 폭발을 일으켰다. 남편에 대한 아내의 이해와 믿음, 서운함과 불안이 정교하게 깎아낸 조각상처럼 정확히 나타나고 있었다.

연기가 끝났을 때, 기철과 지호는 모두 멍한 기분이었다. 심지어 기철은 캠코더를 끌 생각조차 하지 못했다.

"와."

지호는 엄지를 추켜세웠다.

"엄청난데요? 다른 사람을 보는 것 같았어요."

"모두 감독님 덕분이죠."

유나가 한쪽 눈을 찡긋했다.

기철도 한마디 거드는 것을 잊지 않았다.

"요즘 연극이든 뮤지컬이든 학교 공연 때마다 주연을 맡는다는 소문은 들었지만… 무대 연기뿐만 아니라 스크린 연기까지 이정도일 줄은 몰랐는데?"

지호가 고개를 끄덕이며 동의했다.

"맞아요. 정말 잘 봤어요."

안에서 극찬을 들은 유나는 미소 띤 표정으로 인사를 하고 당당하게 걸어 나갔다. 그녀는 몇 년 사이 칭찬에 익숙해진 것처럼 여유로운 모습을 보였다.

강의실 문이 닫히자 기철이 물었다.

"이번에는 왠지 우리 의견이 일치할 것 같다?"

지호는 평가지에 동그라미를 그린 뒤 대답했다.

"물론 참가자들의 연기를 모두 보고난 다음에야 결과를 확정할 수 있겠지만, 제 생각에도 큰 이변이 없는 이상 유나 누나로 가게 될 것 같아요."

두 사람이 예상한 대로 줄줄이 들어온 나머지 참가자들은 시시해 보였다. 유나가 처음부터 너무 깊은 인상을 남긴 탓이었다.

세 시간이 넘는 시간을 꼬박 앉아 배우들의 연기를 지켜본 지호와 기철은 지친 기색이 완연했다. 배에선 꼬르륵 소리가 났지만 두 사람은 생수를 마시며 결과를 정리했다.

"남자 주인공은 현장 리허설로 최종 결정을 하고, 여자 주인공은 유나 누나로 확정. 맞죠, 형?"

"그래. 하지만 그 전에 녹화된 파일을 나머지 팀원들에게 보여주고 투표해 보자. 우리 눈이 틀렸을 수도 있잖아."

"좋아요. 팀원들 투표 결과도 흡사하게 결론이 나는지 확인하고 진행하면 될 것 같아요."

돌다리도 두드려 보고 건너는 신중함은 배워야 할 점이었다. 흔쾌히 대답한 지호가 말을 이었다.

"그럼 장소 물색 결과랑 투표 결과 정리는 내일 모두 모여서 하면 되겠죠?"

"평일 오후에 만나서 하기에는 회의 시간이 꽤 걸릴 것 같은데. 주말에 하는 건 어때?"

"음, 이번 주 주말엔 액션스쿨 산하 교육기관에 좀 내려갔다 와야 될 것 같아서요."

"그랬지 참."

거기까지 대화가 오갔을 때 배우들을 돌려보낸 민수가 강의실로 들어왔다.

"나 빼고 둘이 무슨 얘길 그렇게 열심히 하고 있어?"

"회의 내용 정리 중이였어. 애들 내일 스케줄 체크하고 회의 소집 좀 해줘."

"문제없지! 내 전문이야."

민수는 시원하게 대답했다.

그를 보며 미소 띤 지호가 말했다.

"형은 만능이신 것 같아요."

"하하하! 천재는 천재를 알아본다더니. 미쟝셴 영화제 최연소 최우수상 수상자는 뭐가 달라도 달라! 역시 보는 눈이 있다니까?"

기철이 곁에서 피식 웃었다.

'벌써 민수 다루는 법을 깨우쳤네.'

그는 시간을 확인하고 상황을 정리했다.

"얼른 강의실 원상 복귀 시켜놓고 밥이나 먹으러 가자! 배고파 죽겠다."

*   *   *

지호는 금요일 날 팀원들을 만나 회의를 진행했다.

촬영 장소를 찍어온 동영상을 보고 섭외를 진행할 촬영 장소 몇몇 곳을 선정했다.

또한 오디션 참가자들의 녹화 파일을 돌려보며 투표를 진행했는데 남자 주인공에는 용빈이, 여자 주인공에는 유나가 몰표를 받았다.

용빈의 경우 무술 실력이 큰 비중을 차지했다. 반면 지호가 주장하는 명선기에 대해선 다들 고개를 갸우뚱했다.

"굳이 현장 리허설까지 진행할 필요가 있을까?"

"맞아. 괜히 배우들 사기만 떨어질 것 같은데."

보현과 민수도 기철과 같은 의견이었다.

심지어 해조조차 그들의 손을 들어줬다.

"…이번엔 내 생각도 같아."

그들로서는 지호가 불길 속으로 걸어 들어가는 꼴을 보고만 있을 수만은 없는 것이다.

그러나 지호 역시 마찬가지 이유로 굽힐 수 없었다. 팀원들 모두의 반대 속에서도 명선기라는 배우에 대한 확신이 있었기 때문이다. 분명 답답한 상황이었지만, 그는 침착하게 말했다.

"현장 리허설 때도 같은 의견이 나온다면 그땐 정말 포기할게요."

팀원들은 탐탁지 않아 보였지만 뚜렷하게 반론을 펼치지도 않았다. 열일곱 살에 미쟝센 영화제 최우수상을 수상한 지호의 천재성을 생각하면 확신도 반신반의하게 되는 것이다.

지호는 자신이 고집스러워 보일 걸 알면서도, 팀원들의 면면을 확인하며 쐐기를 박았다.

"약속은 꼭 지키겠습니다. 좋은 배우를 발굴할 기회를 주세요."

진심은 통하는 법이라고 했던가? 간곡한 청을 들은 팀원들은 마음이 약해졌다. 하긴, 지호가 이렇게까지 하면서 굳이 오디션 날 처음 본 명선기를 쓸 이유가 없었다. 어떤 가능성을 본 건 확실하다는 의미였다.

결국 최초로 반대 의견을 펼쳤던 기철이 타협했다.

"다들 동의한다면 지호 말대로 현장 리허설을 한번 진행해 보자."

이 문제를 일단락 짓고 난 뒤, 지호는 주말을 틈타 대전에 소재한 액션스쿨 산하 교육기관으로 출발했다. 그는 고속버스 안에서 생전 처음 가보는 지역의 지리를 익히고 일정을 정리했다.

시간상 2시간이 좀 안 되는 거리였다.

대전에 도착한 지호는 대중교통을 이용해 액션스쿨 산하 교육기관으로 향했다. 건물 앞에 도착하자 안으로부터 우렁찬

기합이 들려왔다. 그 소리를 듣고 있자니 여기까지 왔다는 사실이 뿌듯했다.

"후우."

지호는 당찬 걸음으로 건물 안에 들어섰다. 그러자 상하의 추리닝을 입은 남자 한 명이 다가와 물었다.

"어떻게 오셨습니까?"

삼십 대로 보인다.

즉, 교육생이 아닌 무술감독이다.

"안녕하세요. 정상인 대표님 소개로 왔습니다."

"아, 말씀 들었습니다. 전 교육실무팀 팀장 이철민이라고 합니다."

"반갑습니다."

"예. 안으로 들어가시죠."

지호는 이철민의 안내를 받아 사무실로 갔다. 지호를 문 앞에 세워둔 철민이 '기획운영팀 팀장 유호정'이라는 명패가 놓인 자리로 가서 귓속말을 했다.

그에 호정이 대답했다.

"알겠어요, 팀장님. 들어오라고 전해주세요."

"예."

철민이 지호에게 돌아와 말을 전했다.

"이제 들어가시면 됩니다."

"네, 감사합니다."

인사한 지호가 안으로 들어가자 호정이 일어나며 자리를 권했다.

"거기 소파에 앉으세요. 마실 것 좀 드릴게요."

"아, 네."

지호는 고분고분 소파에 엉덩이를 붙였다.

머지않아 호정이 오렌지 주스 두 잔을 유리컵에 내왔다.

"대표님께 얘기는 들었어요. 정 대표님을 찾아가셨다고요?"

"네. 맞습니다."

"열의가 대단하네요. 그럼, 표준 개런티부터 보여 드리도록 하죠."

그녀는 탁자 서랍을 열어 계약서를 꺼냈다.

"대표님한테 듣기로 예산은 충분하다고 자신했다던데… 미리 알아보고 온 게 아니라면 좀 놀랄 수도 있어요."

지호는 계약서를 살펴보았다. 과연 교육생 치고 꽤 높은 개런티가 책정되어 있었다.

'1인 기준 촬영 회차당 30만 원.'

배우 개런티를 뛰어넘는 금액이었다. 그야말로 배보다 배꼽이 큰 격. 잠시 고민하던 지호가 물었다.

"무술감독님을 섭외할 방법은 없을까요?"

"휴. 아직 이쪽 바닥에 대해 잘 모르죠?"

"네. 직접 찾아보고 왔어야 하는데, 조사해도 잘 안 나오더라고요."

지호가 깔끔하게 인정하자, 다시 한 번 한숨을 내쉰 호정이 설명을 해주었다.

"여기 계약서에 나와 있는 금액은 어디까지나 표준 금액이에요. 액션 강도에 따라 추가적으로 수당이 붙기도 하죠. 여기까진 무술 연기자 개인을 고용한 경우예요. 무술감독과 계약하게 되면 내용 자체가 달라지죠. 무술감독이 3천이면 3천, 5천이면 5천 계약금을 받고 작품에 필요한 무술 연기자들에게 급여를 주면서 지도·관리까지 들어가요. 즉, 애초에 학생 작품에 무술감독을 고용하겠다는 생각 자체가 잘못됐다는 뜻이에요. 주변에 고용해 본 사람도 없을 테니 모르는 게 당연하겠지만."

호정의 말투 속에는 은근한 무시가 내포돼 있었다. 그도 그럴 것이, 그녀는 지호에게 무술 연기자들을 고용할 재력이 없다고 본 것이다.

잠자코 듣고 있던 지호는 대뜸 계약서에 서명을 했다.

깜짝 놀란 호정이 물었다.

"지금 뭐하는 거예요?"

"무술감독을 섭외하는 건 힘들 것 같고, 무술 연기자만 섭외해야 할 것 같네요."

지호는 계약서의 무술 연기자 인원을 '5'라고, 회차 수에는 '2'라고 적어 괄호를 채웠다. 한 회차 당 150만 원씩, 무려 300만 원을 지불하겠다는 뜻이다.

적당히 타일러서 돌려보내려던 호정은 눈이 휘둥그레져서 물었다.

"정말 괜찮겠어요? 학생이 무슨 돈이 있다고……."

"하하, 괜찮습니다."

단호하게 대답한 지호가 계약서를 180도 돌렸다.

"서명하셔야 되는 거 맞죠?"

"아, 네."

호정은 떨떠름하게 말하며 서명을 했다.

일시불로 300만 원을 입금하고 순식간에 계약을 마무리 지은 지호가 요구했다.

"이제 제가 함께 할 무술 연기자분들을 직접 선발해도 괜찮을까요?"

이제는 그가 고객이다.

호정은 고개를 끄덕였다.

"그, 그야 물론이죠. 잠시만 기다리세요."

그녀는 계약서를 나눠가진 후 인터폰으로 교육실무팀 팀장 이철민에게 연락을 취했다.

"팀장님. 잠깐 사무실로 와주시겠어요?"

*   *   *

호출을 받은 철민은 사무실로 갔다. 지호와 호정이 마주 앉아 대화를 나누고 있었다. 두 사람의 표정을 본 철민은 계약이 성사됐음을 알 수 있었다. 아니나 다를까, 호정이 그를 발견하고 말했다.

"팀장님. 여기 신지호 감독님과 계약이 체결되었습니다. 직접 연기자들을 만나보고 싶다고 하시네요."

"네, 알겠습니다."

짤막하게 대답한 철민이 지호에게로 시선을 돌렸다.

"저를 따라오시면 됩니다."

"아, 네."

지호가 자리에서 일어나 뒤를 쫓았다.

그들은 나란히 걸어 강당에 도착했다. 까마득하게 높은 천장과 탁 트인 공간에 후끈한 열기가 넘실거렸다.

훈련받고 있는 교육생들이 눈에 들어올 때쯤 걸음을 멈춘 철민이 말문을 열었다.

"우리는 보통 수료생들을 연결해 주곤 합니다. 교육생들이 작품에 참여하는 경우는 상당히 드물어요. 대표님께서 내린 결정이니 따르기는 하지만, 교육생들만 보고 우리 액션스쿨 전체의 수준을 판단하는 건 곤란합니다."

철민은 자신의 소속에 대한 자긍심이 대단해 보였다. 하지만 지호가 듣기에 유쾌한 내용은 아니었다.

본래 액션스쿨은 교육생들을 외부 작품 활동에 내보내는 경우가 드물다. 대부분 교육을 마친 수료생들로 소개하기 때문이다. 하지만 지호 작품의 경우 학생 작품이란 이유로 무술 연기자 수준을 내린 것이다.

지호 입장에선 아쉬운 부분이었지만 액션스쿨 교육생 수준이 여타 기관 출신 무술 연기자들의 실력을 상회하는 걸 감안하면 불만을 제기할 수도 없는 노릇이었다.

일단 지호는 모르는 척 대답했다.

"네, 걱정 마세요."

고개를 끄덕인 철민이 복싱 벨을 두드렸다.

댕댕댕댕—

경쾌한 소리와 함께 교육생 스무 명의 동작이 멈췄다. 그들은 일제히 철민과 지호가 서 있는 방향으로 고개를 돌렸다.

철민이 크게 외쳤다.

"다들 주목! 오늘 정 대표님 소개로 서울에서 손님이 내려오셨다. 자세한 이야기는 직접 듣도록."

불친절하게 설명한 그는 팔짱을 끼며 빠졌다.

한편 지호는 당황하지 않고 야무진 표정으로 입을 열었다.

"반갑습니다! 저는 한국예술대학교 연출과 1학년에 재학 중인 신지호라고 합니다."

말이 떨어지기 무섭게 교육생들이 술렁거렸다. 갑자기 방문한 한국예술대학교 연출과 학생. 대수롭지 않게 여겼던 철민이나 호정과 달리 교육생들은 흥미를 가졌다.

"천재들만 간다는 한예대? 혹시 우릴 캐스팅하러 온 건가?"

"에이, 설마! 우리가 수료생도 아니고… 근데 왜 온 거지?"

간간이 귓가로 들려오는 목소리를 흘리며 지호가 말을 이었다.

"제가 이곳에 직접 찾아온 이유는 무술 연기자분들을 섭외하기 위해서입니다. 저는 1학년 워크숍에 출품할 장편영화를 계획 중입니다. 장르는 첩보물이며, 액션의 완성도를 높이기 위해 총 다섯 분의 무술 연기자와 함께할 예정입니다."

교육생들에게 흔치 않은 기회였으므로 지호의 얘기를 들은 전 교육생들은 환호성을 질러댔다. 이만하면 일단 이목을 끄는 데에는 성공한 셈이었다.

순간 철민이 중저음으로 다시 외쳤다.

"자, 참여할 교육생들은 이열종대로 모일 수 있도록 한다!"

모든 교육생들이 순식간에 열을 맞춰 섰다. 절도 있는 모습을 지켜보던 지호의 입가에 흐뭇한 미소가 번졌다.

"이렇게 적극적으로 참여해 주셔서 감사합니다. 그럼 지금부터 십 분 동안 가까운 분과 이인 일조로 짝지어 연습하신 뒤 최대한 현실적인 무술 연기를 보여주시면 되겠습니다."

말을 마친 지호가 물러나자 철민이 지시했다.

"자, 해산!"

지시를 받은 교육생들은 둘둘 씩 찢어져서 연습을 시작했다. 지호는 그들이 연습하는 모습을 가만히 바라보았다.

그때 철민이 지호 옆에 앉으며 물었다.

"정 대표님은 원래 귀찮은 일은 질색하십니다. 대체 그 고집스러운 분을 어떻게 설득한 겁니까?"

그는 이 상황이 마음에 들지 않는 것 같았다.

질문을 받은 지호는 정상인 대표를 만났을 당시에 아찔했던 상황들을 잠시 떠올렸다. 지금 결과에 결정적인 역할을 했던 건 시나리오였다. 거기까지 생각한 지호는 간략하게 대답했다.

"작품 시나리오를 보고 결정하셨습니다."

"흠."

철민은 눈매를 가늘게 좁히며 지호를 보았다. 그는 믿기 힘들다는 눈치를 보이면서도 캐묻지 않고 시계를 확인했다. 마침 10분이 지나고 있었다.

철민은 다시 벨을 울렸다. 댕댕댕— 소리를 들은 교육생들이 우르르 몰려들었다.

지호도 몸을 일으켰다.

"모두 준비되셨으면, 한 조씩 나와서 보여주시기 바랍니다."

지호의 말에 따라 교육생들은 빨간색과 파란색 호구를 입고 짝지어 합을 맞췄다. 그사이 지호는 열 개 팀이 보여주는 무술 연기를 순간순간 섬광 기억으로 찍어냈다. 그때마다 번쩍! 머릿속에 하얀 플래시가 터졌다.

마침내 무술 시연이 끝나자 지호가 입을 열었다.

"교육생 분들이라고 하셔서 그 정도만 기대하고 있었는데, 직접 보고 놀랐습니다. 정말 멋진 무술 연기였습니다."

그 뒤 눈여겨본 교육생들을 천천히 호명했다.

"첫 번째 팀 파란색, 세 번째 팀 빨간색, 다섯 번째 팀 파란색과 빨간색 모두, 열 번째 팀 파란색 호구를 착용하신 분으로 결정하겠습니다. 모두들 수고 많으셨습니다."

말하는 중간 중간 해당되는 교육생이 손을 들며 환호성을 질렀다. 반면 마지막까지 호명되지 않은 교육생들은 표정에 아쉬운 기색이 역력했다.

한편 바로 곁에서 지켜봤던 철민은 상당히 놀라고 있었다. 지호가 교육생들을 순서와 색깔로 구별해 줄줄이 호명했기 때문이다.

'카메라로 녹화한 것도 아니고, 어디 적어둔 것도 아닌데 어떻게⋯⋯.'

그사이 희비가 엇갈린 교육생들이 소란스러워졌다.

철민은 일단 손뼉을 치며 상황을 정리했다.

"주목! 방금 호명된 사람들은 여기 신지호 감독님과 서울로 함께 올라간다. 그리고 남겨진 사람들은 나와 함께 지옥 훈련을 돈다. 더 혹독한 훈련을 통해 오늘 섭외된 친구들을 추월할 수 있도록!"

다시 한 번 한숨과 비명, 환호가 동시에 울려 퍼졌다.

그 순간 당황한 지호가 철민에게 물었다.

"저와 함께 서울로 올라간다고요? 지금 바로요?"

철민은 대수롭지 않게 고개를 끄덕였다.

"네, 그렇습니다. 계약이 완벽히 체결되면 선발된 무술 연기자들은 미리 촬영지 근처로 이동합니다. 현지촬영에 대비해 배우들과 합을 맞춰보며 별도의 훈련을 진행하지요. 교육생들의 숙박과 교통 등 모든 부분은 한국액션스쿨에서 책임지니 신경 쓰지 않으셔도 됩니다. 참, 서울로 이동하실 때에는 교육생들과 함께 저희 액션스쿨 차량을 이용해 편안하게 움직이세요."

"알겠습니다."

사무실로 돌아간 지호는 잠시 대기하며 철민, 호정과 계약서 외적인 부분에 대해 대화를 나누었다.

"아까 보니 교육생들이던데… 원래 계약금은 수료생과 똑같은 건가요?"

호정이 뜨끔하며 대답했다.

"음. 사실 교육생, 수료생 계약이 따로 있지는 않아요. 교육생을 내보내는 경우는 드무니까. 그저 작품의 규모나 감독 인지도에 따라 자체적으로 결정하는 거죠."

"그렇군요. 그럼 저는 결국 수료생과 같은 계약금으로 교육생을 섭외한 게 된 셈이네요."

어물쩍 넘어가려던 부분을 콕 짚은 지호가 덧붙였다.

"별도의 계약서가 준비되어 있지 않고, 여건상 교육생들밖에 섭외할 수 없는 상황에 불만을 토로할 생각은 없습니다. 다만 저도 별도의 사항을 하나 추가하고 싶은데요……."

그는 섭외하게 될 무술 연기자들이 교육생이란 사실을 알게 된 후부터 생각해 두었던 요구 조건에 대해 말하기 시작했다.

*   *   *

두 시간 후 지호는 준비를 마친 교육생 다섯 명과 함께 서울로 출발했다.

액션스쿨 차량을 이용해 서울로 올라가는 동안 교육생들은 소풍 가는 아이들처럼 떠들썩하고 천진난만해 보였다.

그때, 맨 앞자리에 지호와 함께 앉은 교육생 대표 이강우가 말을 걸어왔다.

"감독님. 실례지만 나이가 어떻게 되십니까? 한예대는 1학년이라도 나이 많은 사람들이 많다던데."

그 말처럼 한국예술대학교 1학년에는 이십 대 후반이나 삼십 대도 심심찮게 보였다. 재수, 삼수, 장수생을 포함해 현역으로 활동하던 사람들까지 있었기 때문이다. 오히려 스무 살에 입학한 동기들이 적을 지경이었다.

지호는 수긍하며 대답했다.

"그건 그렇지만 저는 스무 살이에요."

"크, 부럽네요. 전 스물다섯 입니다. 체대 졸업해서 액션스쿨에 바로 들어왔죠. 그전까진 럭비 했었는데, 시합 뛰다가 십자인대가 끊어져서 군 면제를 받았었거든요. 다행히 지금은 회복됐지만요."

아무렇지 않게 말한 그가 물었다.

"우리 사석에서는 형, 동생 하면 어때요?"

"아, 네. 편하게 불러주세요."

"우리 감독님 시원시원하시네!"

한바탕 호탕하게 웃어젖힌 강우가 창밖에 스쳐지나가는 풍

경을 보며 물었다.

"어떤 장면이 기다리고 있으려나? 와이어? 스킨 스쿠버? 아니면 차량 폭발?"

지호는 피식 웃었다. 그런 액션을 찍으려면 제작비가 얼마나 들지 짐작도 할 수 없었다.

"대학생 작품에 너무 와일드한 추측 아니에요?"

"하긴. 그건 그래."

동의한 강우가 덧붙여 말했다.

"그런데 이상하잖아. 가벼운 액션쯤은 배우를 연습시켜서 촬영해도 될 텐데. 굳이 무술 연기자를 따로 구한다? 제작 예산도 넉넉지 않은 독립 영화, 그것도 학생 작품에서 말이지."

"실은 아직 아무한테도 얘기 안 한 건데……."

지호가 말끝을 흐리자 강우가 궁금해 죽겠다는 표정으로 검지를 입에 가져다 붙였다.

"쉿! 절대 발설하지 않을게. 나 입 무겁다."

"뭐, 꼭 비밀은 아니에요."

살짝 웃은 지호가 말을 이었다.

"다만 제가 직접 내려와서 무술 연기자들을 선발한 데에는 분명한 이유가 있어요. 무술 실력과 연기력을 겸비했는지 확인하고 싶었거든요. 연기에 대한 재능이라든지, 연기력을 어느 정도 짐작할 수 있을 거라고 생각한 거죠."

"연기를 잘하는 무술 연기자가 필요하다고?"

무술 연기는 대부분 대역이다.

그러나 지호의 계획은 달랐다.

"네. 실은 대역을 구하는 게 아니에요. 무술 연기 훈련이 된 연기자를 구하는 거죠. 배역은 상대적으로 대사가 적은 악역 이고요."

생각지도 못한 대답을 들은 강우는 입을 딱 벌리고는 충격 받은 표정으로 물었다.

"이거 액션스쿨에서도 알아?"

"네. 교육생들을 섭외하는 대신 추가 조건으로 요청을 했거 든요."

"음, 그렇다고 하더라도 다들 아직 교육생인데 만족할 만한 연기를 해낼 수 있을까?"

"큰 분량을 차지하는 건 아니라서 저만 믿고 잘 따라와 주 신다면 별문제 없을 거라고 봅니다."

지호는 씨익 웃으며 말을 이었다.

"어찌됐든 지금은 촬영 회차별로 계약했고, 회차가 늘어나 지 않는 한 무술 연기자들이 직접 배역을 맡아도 상관없게 됐 어요. 얼굴을 알릴 수 있는 기회란 거죠."

액션스쿨이 학생 작품이라고 해서 수료생이 아닌 교육생을 내보낸 것처럼, 그 대가로 지호 역시 작은 조건을 따낸 것이다.

설명을 들은 강우는 내심 감탄했다.

'나이에 안 맞게 엄청 야무지고 영리한 녀석이네.'

그가 이어서 물었다.

"우리가 촬영할 장면이 어떤 장면이야?"

"영화의 클라이맥스니까 기대하셔도 좋을 거예요."

지호는 추상적으로 대답한 뒤 덧붙여 당부했다.

"서울 숙소에 도착하시면 주변 으슥한 장소를 물색하신 후 최대한 연기력을 발휘해서 진짜 같은 '귀신놀이'를 여러 번 해주세요."

"귀신놀이?"

"네. 귀신한테 쫓기는 놀이."

"갑자기 귀신놀이는 왜?"

"음, 나중에 대본 보면 아실 거예요. 기숙사에 돌아가는 대로 메일로 보내드릴게요."

대답한 지호는 의미심장하게 웃었다. 카메라에 담을 장면을 상상만 해도 온몸이 짜릿했다. 하루빨리 현장에서 발로 뛰고 싶었다.

이번 시나리오상 악역이 소화해야 될 내용은 귀신놀이와 닮아 있었다. 말없이 쫓는 것만으로 공포심을 끌어내야 하기 때문이다. 무술 연기자들이 진지하게 훈련에 임한다면 분명 효과가 있을 터였다.

강우는 자세한 내용을 몰랐지만 순순히 대답했다.

"알았어. 네 말대로 할게."

그 또한 지금 상황이 마음에 들었다. 아직 교육생이었기에 두각을 나타내지 못하고 있었지만, 언제든 기회가 오면 잡을 수 있을 거라는 자신이 있었다. 이번 기회에 훌륭한 연기력을 보여주고 작품이 영화제에서 각광받게 된다면 단숨에 이름을 알리는 것도 마냥 꿈은 아니었다.

'정상인 대표님도 음지에 계실 때보다, 스크린에 얼굴을 내미신 뒤부터 영화계에서 입지가 솟구쳤다. 무술 연기자는 배우의 그림자 따위가 아니야!'

강우는 늘 다짐해왔다. 언젠가 중국 영화나 할리우드의 액션 배우들처럼 당당히 얼굴을 내밀고 액션스타로서 활약하겠다고. 그리고 때마침 지호가 부탁했다.

"그리고 지금 우리 팀에는 무술감독이 없어요. 형이 그 역할까지 도와주실 수 있을까요?"

무술 연기자에서 연차가 쌓이면 무술감독으로 데뷔를 할 수 있다. 무술감독은 멋들어진 액션 씬이 탄생할 수 있도록 동선을 만들고, 배우들을 훈련시켜 합을 맞춘다.

얼떨결에 중역을 맡게 될 상황에 놓인 강우는 잔뜩 힘이 들어간 채 대답했다.

"아직 교육생인 내가 잘해낼 수 있을지는 모르겠지만… 맡
겨만 주면 최선을 다해볼게!"

『기적의 연출』 3권에 계속…

미러클
테이머

인기영 장편소설
FUSION FANTASTIC STORY

MIRACLE
TAMER

이계로 떨어져 최강, 최고의 테이머가 되었다.
그러나… 남은 것은 지독한 배신뿐.

배신의 끝에서 루아진은 고향, 지구로 되돌아오게 되는데……
몬스터가 출몰하기 시작한 지구!
그리고 몬스터를 길들일 수 있는 테이머 루아진!
그 둘의 조합은……?

『미러클 테이머』

바야흐로 시작되는
테이머 루아진과 몬스터들의 알콩달콩한
대파괴의 서사시!!

Publishing CHUNGEORAM

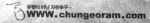

이모탈 퓨전 판타지 소설
FUSION FANTASTIC STORY

용병들의 대지
Road of
Mercenaries

이 세계엔 3개의 성역이 존재한다.
기사들의 성역, 에퀘스.
마법사들의 성역, 바벨의 탑.
그리고… 그들의 끊임없는 견제 속에 탄생하지 못한

『용병들의 대지』

전쟁터의 가장 밑을 뒹굴던 하급 용병 아론은
이차원의 자신을 살해하고 최강을 노릴 힘을 가지게 된다.

그의 앞으로 찾아온 새로운 인생!
아론은 전설로만 전해지던
용병들의 대지를 실현시킬 수 있을 것인가!

Book Publishing CHUNGEORAM

유행이 아닌 자유추구 -
WWW.chungeoram.com

FUSION FANTASTIC STORY

텀블러 장편소설

현대 천마록

천하를 호령하고, 전 무림을 통합한
일월신교의 교주 천하랑.
사람들은 그를 천마, 혹은 혈마대제라고 불렀다.

『현대 천마록』

무공의 끝은 불로불사가 되는 것이라 생각했지만
그로서도 자연의 섭리 앞에선 어쩔 수 없었다!

'그렇게 많은 피를 흘렸음에도 불구하고
죽을 때가 되니 남는 것이 없군그래.'

거듭된 고련 끝에 천하랑의 영혼이
존재하지 않게 된 그 순간
그의 영혼은 현세에서 천마로서 눈을 뜬다!

Book Publishing CHUNGEORAM

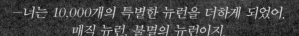